COFFEE一家

喫茶の一族

커피 일가

교토 로쿠요샤,
3대를 이어
사랑받는 카페

가바야마 사토루 취재·글
임윤정 옮김

앨리스

일러두기

1. 이 책은 『京都·六曜社三代記 喫茶の一族』를 완역한 것이다.

2. 인명, 지명 등의 외래어 표기는 국립국어원의 규정을 따르는 것을 원칙으로 했으나 용례가 굳어진 경우에는 통용되는 표기를 따랐다.

3. 책, 잡지, 신문 제목, 음반 이름은 『 』, 미술작품, 단편소설, 노래, 시, 영화 제목은 「 」, 연극 제목은 〈 〉으로 묶어 표기했다.

4. 원서의 '킷사텐喫茶店'을 이 책에서는 '찻집' 또는 '커피점'으로 옮겼다.

5. 본문의 주는 모두 옮긴이의 것이다.

시작하며

‘일본에서 가장 커피를 좋아하는 도시’라고 불리는 교토. 그곳에는 반세기 이상 사랑받는 찻집인 로쿠요샤 커피점六曜社珈琲店이 있다.

빌딩이 다닥다닥 붙어 있는 가와라마치 거리에 면해서 영업을 하고 있는 이 작은 찻집은 1960년대에는 예민한 학생운동가들이나 예술가들이 많이 들락거렸고, 일찍이 도쿄 신주쿠에 있던 전설의 찻집과 비교되며 ‘동쪽의 후게쓰도風月堂, 서쪽의 로쿠요샤’라는 말이 있을 정도였다.

가게가 문을 연 것은 패전으로부터 5년이 지난 1950년이다. 바다 건너 구舊 만주(지금의 중국 동북부)에서 만난 오쿠노 미노루와 야에코 부부가 지금의 가와라마치도리 산조사가루에서 영업을 시작했다. 이후 가족경영으로 대를 잇고 있다.

교토에는 스마트커피점スマート珈琲店이나 쓰키지築地, 프랑수아찻집フランソア喫茶室 같은 1930년대 '카페 문화'를 체현하는 커피점이 여전히 건재하지만, 로쿠요샤는 전후 소위 '거리의 찻집'으로, 변치 않는 부분을 지켜가면서 천천히 진화를 거듭해 '100년을 잇는 커피점'을 향해 묵묵히 걸어가고 있다.

로쿠요샤의 영업 형태는 조금 색다르다.

일층 점포와 지하 점포는 입구도 메뉴도 저마다 독립적이다. 블렌드 커피는 모두 500엔(2020년 8월 현재)이지만, 사용하는 원두는 다르다. 휴무일은 같지만, 영업시간도 서비스도 다르다.

일층 가게(이하 일층점)는 어느 쪽인가 하면 왕도찻집王道喫茶店의 느낌이다. 나무의 온기와 청록색 타일에 둘러싸인 가게 안은 마치 응접실 같다. 영업은 아침 여덟시 반부터 밤 열시 반까지. 커피와 주스, 토스트 외에 모닝세트도 있다. 스포츠지를 포함해 다양한 신문이 놓여 있고, 고참 단골부터 샐러리맨에 학생, 관광객까지 손님층도 다양하다. 낮은 의자의 테이블 자리가 35석. 붐빌 때는 합석을 부탁하는 '합석 문화'가 남아 있는데, 이것도 교토에서는 로쿠요샤 정도일까. "예전에는 여자들을 만나려고 여기 왔었다니까" 하고, 어느 단골손님이 추억에 젖어 말한다. 여성 점원의 능숙한 서비스에는 품격이 있고, 느긋한 휴식을 제공한다. 현재는 창업자의 손자인 군페이 씨가 약 열 명 정도의 점원들과 함께 가게를 이끌고 있다.

한편, 로쿠요샤 지하점(이하 지하점)은 은신처 같은 분위기로, 처음 오는 사람은 선뜻 들어가기 쉽지 않을지도 모른다. 일층점보다 좀더 좁고 카운터 14석과 테이블 세 개가 고작인 곳이다. 정오에 문을 열어 직접 로스팅한 블렌드 원두 두 종류와 산지별 커피를 선보인다. 이곳은 창업자의 삼남 오사무 씨가 아내 미하코 씨와 함께 맡고 있다. 오사무 씨는 로쿠요샤에 자가배전 커피를 도입한 인물로, 지금도 매일 밤 영업이 끝나면 로스팅 오두막에 틀어박힌다. 가게에서는 카운터 안쪽에 서서 주문을 받고, 주문과 동시에 원두를 갈아 커피를 내린다. 오사무 씨의 커피와 미하코 씨가 매일 집에서 만들어 한 개에 160엔에 판매하는 소박한 도넛이 지하점의 2대 명물로 불린다. 도넛은 일층점에서도 주문 가능하다.

지하점에는 한 가지 얼굴이 더 있다. 찻집 영업시간이 끝나면, 지하점의 바bar 영업이 시작된다. 점주도 메뉴도 몽땅 바뀌는데, 바텐더로서 가게를 이끄는 사람은 창업자의 장남 다카시 씨다. 일층과 지하의 찻집과 바. 말하자면 세 개의 얼굴이 있는 로쿠요샤는 저마다 오쿠노 가족의 개성 강한 면면을 드러내며 독립적인 색깔을 지켜나가고 있다.

점주 각자의 개성이 공존하는 로쿠요샤의 독자적인 본연의 자세는 어떻게 길러진 것일까. 그 비밀을 풀기 위해 로쿠요샤의 탄생부터 지금에 이르는 발자취를 따라가보기로 결심하자, 평탄하지만은 않았을 역사가 보였다. 지금까지 잡지나 텔레비전 등 다수의 매체에 소개되고, 교토에서는 모르는 사람이 없다고 해도 과언이 아닌 인지도를 지닌 곳이지만, 그 이면에는 가족들의 고난과 노력의 흔적들이 고스란히 남아 있다. 물론 이에 대해 이제껏 알려진 바는 없었다. 가족경영이기 때문에 때로는 부딪히고, 계속하기 어려웠던 시기도 있었다. 어떻게 그러한 위기를 넘겨 대를 잇는 가게가 되었을까?

현재, 가족이 경영하는 오래된 찻집이 맞닥뜨린 상황은 밝지만은 않다. 점주의 고령화와 후계자 문제, 체인점과의 경쟁에 직면해 사랑받던 가게들이 하나둘 문을 닫는 시대에, 로쿠요샤의 궤적을 따라가봄으로써 이 어려운 상황을 타개할 방법을 찾을 수도 있지 않을까?

우선은 로쿠요샤의 전사前史부터 살펴보자. 무대는 종전 직후 바다 건너 대륙, 그곳에서 두 명의 남녀가 만나는 이야기로부터 시작된다.

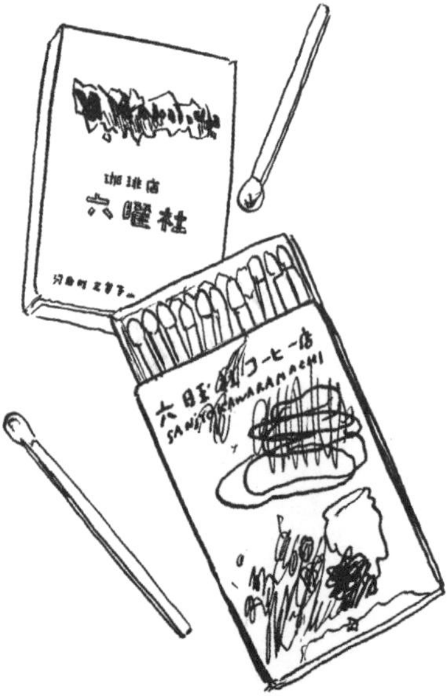

珈琲店
六曜社
コーヒー店

차례

출발

야에코

커피 노점

패전 이듬해인 1946년. 구 만주의 고도, 펑톈(지금의 선양)에 오자와 야에코가 있다. 스무 살. 돌과 벽돌로 이루어진 거리를 친구와 걷고 있는데 장소에 어울리지 않는 포장마차 하나가 눈에 들어왔다.

'작은 커피점小さな喫茶店'

일본어 간판. 어떻게 봐도 일본인이 운영하는 가게 같다. 고향에서도 유행했던 탱고 곡명이 떠오르는 가게 이름이다.

"커피 내려주는 포장마차라니 들어본 적도 없어. 만주에서 일본인이 장사하는 건 안 될 텐데……."

일본의 괴뢰정권이었던 만주국은 패전으로 붕괴되었다.

일본인에게는 그야말로 '사면초가'의 땅에서, 그것도 사람들의 눈에 띄는 도로변에서, 당당하게 일본어로 쓴 간판을 달고 포장마차 영업을 하는 대담무쌍함에 놀랐다. 친구와 쭈뼛쭈뼛 안을 슬쩍 살폈다. 카운터에는 일본인 남자가 혼자 서 있었다.

오랫동안 소원했던 커피 향이 의심스러운 기분을 밀어낸다. 야에코와 친구는 큰맘 먹고 카운터에 걸터앉았다.

"저기…… 아이스커피 주세요."

무뚝뚝한 얼굴의 젊은 남자는 검은 액체로 가득찬 유리잔을 눈앞에 쓱 놓았다.

"한번씩 삶아두니까 괜찮아요."

이곳의 위생에 대한 불안을 눈치챈 걸까, 남자는 작게 중얼거렸다. 건조한 대륙의 공기 속에서 얼음이 청량한 소리를 만들며 떠 있다. 물방울이 맺힌 유리잔에 손을 댈 때마다 기쁨이 넘치듯 차올라 평화롭던 시절의 기억이 되살아난다.

전쟁이 시작되다

야에코는 1925년에 도쿄 요요기우에하라에서 태어났다. 시부야구의 도미야소학교를 다니다가 여덟 살이 되던 해 아

무뚝뚝한 얼굴의 젊은 남자는 검은 액체로
가득찬 유리잔을 눈앞에 쑥 내밀었다.
"한번씩 삶아두니까 괜찮아요."
COFFEEHOUSE
小サナ 喫茶店
営業中
뜨거운 물은 알코올램프와 연탄을 사용하는 러시아의 사모바르로 데우고 있다. 부족한 게 많았던 때라 속옷으로 드리퍼를 만든 적도 있다. 외려 맛있었던 것도 같고…….
포장마차는 잘라둔 목재로 남자 혼자 만들었다고 한다.

버지 오자와 야소하치가 만주항공에서 일하게 되면서 온 가족이 '왕도낙토'를 표방하며 당시 막 만들어진 만주국으로 이주했다. 겨울에는 일본과 비교도 할 수 없을 정도의 추위에 질렸지만, 꽁꽁 언 노상에서 스케이트화를 신고 놀 수 있었던 건 즐거웠다. 펑텐에서 여학교를 졸업하고, 1942년부터 재팬 투어리스트뷰로(지금의 일본교통공사) 펑텐지사의 인사과에서 일했다. 일이 끝나면 동료와 거리의 찻집에 가서 좋아하는 커피를 즐겼다.

1944년, 야소하치가 전근을 가게 되어 어머니 데이, 세 살 아래 여동생 사다에, 여덟 살 아래 남동생 데루오 등 다섯 가족이 만주국의 수도인 신징(지금의 창춘)으로 떠났다. 태평양전쟁이 한창이던 때였으나 본토와 비교하면 조용한 편이어서 일상생활에 큰 변화는 없었다. 하지만 종전 직전인 1945년 8월 9일, 소련이 일본과의 중립조약을 파기하고 만주에 침공한 순간, 평온했던 일상에 돌연 균열이 생겼다.

어느 날, 이제 막 스무 살이 된 야에코가 우연히 펑텐에서 일하던 숙부 요시조의 집에 놀러 가 있던 그때, 야소하치에게서 긴급 연락이 왔다.

"지금 당장 돌아오거라. 공습이 시작됐어."

황급히 신징의 집으로 돌아갔다. 신징역은 짐을 싸서 급히 피란을 떠나는 사람들로 북적였다. 사태는 긴박했다.

야에코는 1925년 도쿄 요요기우에하라에서 태어났다.
시부야구의 도미야소학교를 다니다가 여덟 살이 되던 해
아버지 오자와 야소하치가 만주항공에서 일하게 되면서
온 가족이 '왕도낙토'를 표방하며 당시 막 만들어진 만주국으로 이주했다.

“엄마와 너는 지금부터 즉각 선천으로 가거라. 조금이라도 빨리 서둘러.”

집에 도착하자 야소하치가 굳은 목소리로 그렇게 말했다. 어머니와 야에코, 여자 둘이서 피란길에 올라야 하는 큰 불안을 느낄 새도, 머뭇거릴 새도 없음을 아버지의 표정으로 알 수 있었다. 열일곱 살의 사다에는 이미 군부대에 껴서 부산으로 향했고, 열두 살의 데루오는 아버지와 동행하기로 했다. 가족이 뿔뿔이 헤어지게 된 공포를 꾹 눌러 참으며 아버지 동료의 가족과 함께 지붕도 없는 열차, 소위 무개차에 올라 대륙을 줄곧 남하했다.

창이 없는 열차 안, 그저 하늘만 올려다봤다. 어디를 어떻게 달리고 있는지도 모른 채, 구름만이 흘러갔다. 시간이 얼마나 지났을까. 길고 긴 여정 끝에 드디어 조선반도 북부 선천이라는 마을에 도착했다. 절 같은 장소까지 어찌어찌 걸어가서 인정 많은 조선인으로부터 흰쌀로 만든 주먹밥을 받았다. 얼마 만에 보는 흰쌀인지 답삭 받아먹었다.

“앞으로 어떻게 되는 걸까.”

어머니와 불안한 하룻밤을 보냈다.

날이 밝았을 때, 그날이 바로 8월 15일이었다.

“일본이 전쟁에 졌다는구나.”

주변 사람들이 일제히 동요했다. 전쟁이 끝났다. 하지만 그것은 야에코 일행에게는 고된 하루하루의 끝이 아니라 시작이었다.

굶주림을 알다

일행은 가까운 선천농학교라고 불리는 장소로 이동했다. 학교 주변에는 울타리가 쳐져 있었다. 여름이라고 해도 대륙의 밤은 쌀쌀했다. 그 밤부터는 교실 바닥에서 담요를 둘둘 말고 잠을 잤다. 매일같이 젖먹이들이 굶주림으로 세상을 떠났다. 여름 해가 한창일 때, 작은 시체를 넣은 여행 가방이나 수하물이 밖으로 운반되는 광경을 교실 창문으로 몇 번이나 목격했다. 야에코도 영양실조로 몸이 붓고 다리가 무거워져 움직일 수 없었다. 이렇게 굶주렸던 적은 난생 처음이었다.

먹을 양식을 구하기 위해 야에코는 조선인이 운영하는 근처 사진관에서 일을 돕기 시작했다. 친절한 점주의 부인은 자신들의 아이처럼 야에코를 돌봐주었다.

"우리 아들은 도쿄에서 치과대학을 졸업했어. 그후에 일본인하고 결혼을 했는데 전쟁이 일어나서 돌아오지 못하게 됐지……."

고된 생활 속에서도 마음이 따뜻해지는 교류. 아에코는 한 달 정도 이 가게에 다녔다.

이 선천농학교에는 작가 후지와라 데이도 피란을 와 있었다. 전쟁이 끝난 후 후지와라가 구 만주에서 탈출한 기록을 엮은 베스트셀러 『흐르는 별은 살아 있다』[1] 에 따르면 선천농학교 교실에는 300명 정도의 여성과 아이들이 피란을 와 있었다고 한다. 당시의 모습을 후지와라는 이 같이 썼다.

"학교 뒤편에서는 남자들이 취사장을 만들고 있다. 급하게 만들기는 했지만 문도 설치하고 가마를 두어 협동 취사를 시작했다. 대두와 백미를 반반 넣고 지은 주먹밥이 매일 두 번 배급됐다. 이 대두가 안 좋았던 모양이다. 아이들 거의 전부 배앓이를 했고, 성인 대부분도 설사를 했다."

만주 탈출

힘든 농학교에서의 하루하루가 드디어 끝나는 날이 찾아왔다. 신징행 만주항공 전용 열차가 운행한다는 소식이었다. 출발하는 날, 사진관 부부는 역까지 배웅을 와서 눈물을 흘리며 이별을 아쉬워했다. 그러나 야에코는 눈물이 나오지 않았다. 몇 번이나 사람의 죽음을 목도하고 굶주림이 계속

되는 가운데 감정이 메말라버린 탓이었다. 신징에 남은 아버지와 다른 가족들에 대해서는 어디에 있는지, 생사조차 알지 못했다.

"타는 건 좋은데, 어디서 내려야 할까."

어머니 데이와 상의 끝에 하늘에 운을 맡기고 숙부 요시조의 사택이 있던 펑톈역에서 중도에 하차하기로 했다. 역에 도착한 것은 밤. 열차에서 내리자 역에 중국인 대열이 우르르 몰려왔다.

"강탈당하지 않게 해주세요……!"

섣불리 움직이는 것은 위험하다고 판단해 하룻밤을 역구내에서 쥐 죽은 듯이 보냈다. 오직 날이 밝기만을 기다리다 결국 한숨도 자지 못한 채 하늘이 밝아짐과 동시에 요시조의 집이 있던 곳으로 내달렸다.

요시조의 집은 이전과 달라진 게 없었다. 도착하자마자 문을 열고 들어가자 요시조 가족뿐만 아니라 아버지 야소하치와 남동생 데루오가 있었다. 여동생 사다에도 무사히 일본으로 가는 인양선을 먼저 탈 수 있었다고 했다.

"정말, 무사해서 정말로 다행이야……."

눈물의 재회. 다리에 힘이 풀려 풀썩 주저앉을 만큼 안도했다. 사람 좋은 야소하치는 러시아 사람들에게도 '아버지' 같은 인상을 주었는지 큰 어려움 없이 신징에서 펑톈으로 올 수 있었다. 수개월 만에 만난 아버지 얼굴이 몇 년 만에 만나는 것처럼 느껴졌다. 오자와 가족은 요시조의 집에 셋방을 얻어 지내게 되었고 다시금 펑텐에서의 생활이 시작됐다.

야소하치가 일하던 만주항공은 패전의 여파로 사라졌다. 가족의 생계를 위해 야에코는 중국인이 경영하는 선술집에서 일자리를 구했다. 패전국 일본인에게 중국인은 냉담했다. 비웃음, 매도……. 사람을 사람으로 생각하지 않는 상황에 언제 그만둘지만을 생각했다.

어느 날 야에코는 길에서 마주친 중국인에게 강제로 집으로 끌려갔다. 몸을 비틀며 필사적으로 저항하자 남자는 얼굴을 찌푸리며 몸을 뗐다. 며칠 동안 목욕도 하지 못해 몸에서 심한 냄새가 났고, 그것이 자신의 몸을 지키는 무기가 되었던 것 같다. 언제까지 이런 나날이 계속될까. 무법지대에서 생활하는 것 같은 매일. 정신상태는 한계에 다다르고 있었다.

"여차하면 차라리 죽어버리는 게 낫지."

친구에게서 받은 청산가리가 든 봉투를 언제나 가슴주머니에 품고 다녔다.

늘 죽음을 의식하며 아슬아슬하게 매일을 보내던 중에 만난 것이 바로 '작은 커피점' 포장마차였다.

포장마차는 주변에 있는 목재로 남자가 혼자 만들었다고 했다. 높이는 3미터 정도 될까. 지붕도 제대로 올려져 있다. 다만 가게라고는 해도 손님이 네댓 명 정도 들어가면 꽉 차고 마는 카운터와 의자뿐인 곳이다. 야에코가 그곳에 가는 날에는 으레 다른 손님이 없었다. 가게를 운영하는 일본인 남자는 붙임성 좋은 타입은 아니지만, 융드립으로 정성스럽게 내려주는 커피는 힘든 나날을 잠시나마 잊게 해주었다. 어느덧 야에코에게 그곳은 사막의 오아시스 같은 장소가 되었다. 그 커피점을 운영하던 남자가 훗날 야에코의 남편이 되는 오쿠노 미노루다.

커피와 찻집에 대해 소책자 『아마니가잇테키甘苦一滴』[2]에 당시를 이야기한 미노루의 인터뷰 기사가 있다.

"뜨거운 물은 알코올램프와 연탄을 사용하는 러시아산 사모바르*로 데웠다. 부족한 게 많았던 때라 속옷으로 드리퍼를 만든 적도 있다. 외려 맛있었던 것도 같고……."

* samovar, 러시아에서 찻물을 끓일 때 쓰는 큰 주전자.

계절이 바뀌고, 여름의 끝을 피부로 느끼던 어느 날. 야에코는 일하던 선술집으로 향하던 도중 길에서 자신을 부르는 한 남자의 목소리에 걸음을 멈췄다. 본 적 없는 일본인 남자였다.

"곧 커피점을 열 건데, 당신이 좀 도와주시겠어요?"

갑작스러운 제안에 말뜻을 곧바로 이해하지 못했다. 놀라움과 불신감을 드러내자 그 남자는 작은 커피점에서 커피를 내리는 남자의 친구라고 자신을 소개했다. 포장마차 커피점의 남자에게 부탁해 이 길에 서서 며칠 동안 야에코를 기다렸다는 것이다.

"갑자기 그런 이야기를 하셔도……."

일하는 곳에서는 일본인이라는 사실만으로도 모욕을 당하기 일쑤라 질린 상태이기는 했다. 타이밍 절묘한 제안이기는 했지만, 길에서 만난 남자가 정말로 그의 친구일지 확신이 서지 않았다. 애초에 작은 커피점의 남자와는 거의 말을 섞어본 적도 없었다. 대답을 망설이고 있자니 남자는 다시금 다그쳐 물었다.

"저의 제안을 들어주면 차이나드레스를 만들어주겠습니다."

그의 말뜻을 제대로 이해하지는 못했지만, 뭐, 열의만은 전해져왔다. 어떤 선택을 하든 지금보다 나빠질 일은 없겠지. 드레스가 결정타는 아니었지만 야에코는 결심을 굳혔다.

"일본인이 하는 가게라면, 가겠습니다."

그대로 남자를 따라간 곳에는 확실히 몇 번 본 포장마차 커피집의 남자가 있었다. 당국에서 노점 운영을 알게 된 건지, 아니면 추위가 심한 대륙의 겨울을 대비하는 건지, 이번에는 아는 중국인의 이름을 빌려 일반 가정집을 개조한 점포를 손에 넣었다고 했다. 가게 이름은 '레인보우レインボウ'. 손님 열 명 정도가 들어갈 아담한 가게 안에는 수동 축음기에서 클래식 음악이 흘러나오고 있었다.

운명적 만남

야에코는 레인보우의 웨이트리스로 근무하기 시작했다. 커피 노점을 운영하던 남자의 이름이 오쿠노 미노루라는 것은 이번에야 처음 알았다. 야에코보다 두 살 위로 스물두 살이었다. 체격은 좋지만 심장판막증을 앓고 있는 듯, 언제나 창백한 얼굴을 하고 걷다가도 쭈그리고 앉기 일쑤였다. 좌우간 말이 없어서 가게에 함께 있어도 자신에 대한 이야기는 거의 하지 않았다.

가게에 출입하는 미노루의 친구로부터 단편적으로 들은

이야기로는 교토 니시진에서 도제가 있을 정도로 큰 규모로 장사를 하던 생명주실 도매상의 둘째 도련님이라고 한다. 형이 가업을 잇게 되어, 미노루는 1939년에 학교를 졸업한 후 혼자 만주로 와 무역회사에서 일했다. 전쟁으로 일자리를 잃고 힘들어하던 끝에 포장마차 장사를 시작했다고 한다. 패전 후의 곤란함이었을까, 군이 방출한 로스팅을 마친 커피 원두를 조달받아 여름 한 시기 포장마차를 열고, 만주에 남은 일본인들을 상대로 판매를 시작했다. 아직 몇 번 만난 적 없는 자신을 사람을 써 며칠 동안 수소문한 이유는 알지 못한 채였지만 새삼스레 묻기도 망설여졌다. 결과적으로 미노루는 야에코를 괴로운 상황에서 구해준 것이나 다름없었다. 그저 매일을 참고 견디며 살아내는 것이 최우선인 지금, 그 의문은 사소한 것에 불과했다.

"희한한 사람이긴 해도, 뭐 아무렴 어때."

직장 환경은 이전보다 현격히 좋아졌다. 차이나드레스 약속은 결국 흐지부지 넘어갔지만, 혼돈 속에서 살아갈 길을 비춰준 은인에게 야에코는 서서히 마음을 열었다.

직장을 잃은 야소하치는 미싱 수리 등을 맡았고, 온 가족은 어찌어찌 입에 풀칠을 했다. 레인보우의 창으로는 일본으로 철수하는 사람들을 연일 볼 수 있었다.

어느 날 야에코는 가게에 들른 중국인 손님으로부터 "아내가 되어주시오"라는 강제 구애를 받아 생각에 잠겨버렸다. 가족과 귀국을 하느냐, 대륙에 남느냐. 슬슬 결단을 내리지 않으면 안 되는 시기가 다가오고 있었다.

흔들리는 야에코의 심정을 눈치챈 건지, 가게에 둘만 남은 어느 날, 미노루가 갑자기 결혼 이야기를 꺼냈다. 전혀 뜻밖의 일이라 말문이 막혀 있는데, 이런 말을 했다.

"달리 후보는 많지만."

멋쩍음을 감추려는 건지, 퉁명스러운 말투.

"쓸데없는 말이네요."

내심 욱하는 마음이 들면서도 중국어를 자유자재로 쓸 줄 알고, 러시아어도 공부한 기민함으로 패전의 혼란을 헤쳐나가는 미노루는 야에코에게도 의지가 되는 존재임에는 틀림없었다. 이 사람과 함께라면 해나갈 수 있을지도 몰라. 야에코는 미노루와 인생을 함께 걷기로 결심을 세운다.

레인보우의 창으로는 일본으로 철수하는 사람들을
연일 볼 수 있었다. 가게에 둘만 남은 어느 날,
미노루가 갑자기 결혼 이야기를 꺼냈다.
"달리 후보는 많지만."

새로운 세상, 교토로

결혼을 약속한 두 사람은 곧바로 장래에 대한 이야기를 나누며, 미노루의 고향이 있는 교토로 돌아갈 것을 결심했다. 야에코는 가족에게 결혼에 대해 말하고 모두에게도 서둘러 귀국할 것을 당부했다. 1946년 8월. 때마침 미노루의 친구인 사노라는 남자가 가까운 시일 내에 귀국할 예정이라고 했다. 가게를 정리해야 하는 미노루는 대륙에 남고, 야에코는 사노와 함께 홀로 먼저 일본으로 떠나기로 했다.

"곧 따라갈게."

미노루의 그 말 한마디에 의지한 채, 야에코는 일본으로 떠나는 배에 몸을 실었다. 남서쪽 후루다오를 출발. 가족과 함께 12년을 살았던 만주를 뒤로했다. 며칠 후 나가사키현 사세보에 상륙. 교토부의 쓰즈키군우치고무라(지금의 야와타시)에 있는 사노의 본가에 몸을 의탁했다.

일주일, 한 달…… "금방 갈게"라던 미노루는 돌아오지 않고 있었다. 익숙하지 않은 간사이 지역, 게다가 거의 무일푼으로 사노의 집에서 길게 신세를 질 수만은 없는 노릇이었다. 마침 여동생 사다에가 지바에 있는 친척 집에서 지내고 있다는 소식을 듣고, 야에코도 일단 그곳으로 거처를 옮기기로 했다.

일본에 도착한 지 3개월이 지난 시점. 드디어 미노루에게서 귀국 연락이 당도했다. 야에코는 다시금 짐을 싸서 곧장 미노루가 알려준 교토의 찻집으로 향했다. 이번에야말로 두 사람의 새로운 생활이 시작될 것이다!

미노루가 알려준 가게는 지하에 있었다. 설레는 마음으로 문을 열자 타일을 깐 바닥인데도 안쪽에는 포렴이 걸려 있다.

"어쩐지 특이한 가게네."

처음 들어가는 찻집의 뒤죽박죽한 모습은 미노루를 마주한 순간 곧바로 배경처럼 멀어져갔다.

"무사히 잘 오셨어요. 변함없는 모습으로……."

상당히 오랜만에 다시 만나니 무의식적으로 깍듯한 말투가 나와버렸다. 연이어 대륙에서 이별한 후의 나날들과 귀환 후의 일들에 대해 이야기했다. 귀국이 늦어진 이유를 물어도 미노루는 많은 것을 답하지 않았다. 질리지도 않게 얼굴을 마주보고 못다 한 이야기를 나누는 사이 의심이나 불안은 사라지고 친밀함이 회복됐다. 따뜻한 찻집에서 커피컵을 마주하고 행복에 잠겼다.

다음날, 두 사람은 미노루의 부모님을 만나 결혼에 대해 이야기했다. 그후 '학문의 신'으로 알려진 기타노텐만궁에

참배하고, 그것으로 두 사람의 결혼식을 대신했다. 맨몸뚱이로 대륙에서 귀국한 귀환자인 두 사람에게 화려한 식을 올릴 여유 같은 건 없었다. 종전을 선언한 지 얼마 되지 않은 당시에 그런 일은 흔했다. 달콤한 신혼생활은 꿈도 꾸지 못했지만 함께 손을 맞잡고 지금의 혼란스러운 시기를 넘겨보자는 마음, 그런 동지 간의 유대감을 남편과의 사이에서 느꼈다. 시내에 사는 미노루의 형 집에 셋방을 얻어 신혼생활을 시작했다.

미노루는 교토에서도 찻집을 경영할 생각이었다. 가와라마치도리산조에 위치한 건물 이층에 빈 점포를 찾았고, 곧바로 빌릴 계획을 세웠다. 이듬해 정월, 마침내 야에코의 부모와 데루오가 귀국했다. 야에코는 미노루와 상의 끝에 여동생 사다에를 포함한 가족 모두를 교토로 불러들였다.

"모두 가게 위층에 있는 다다미 두 장 정도 되는 작은 방에서 지내도록 하고, 다 같이 찻집 일을 도웁시다."

그 건물에는 본래 '코니아일랜드コニーアイランド'라고 하는 찻집이 있었다.

온 가족이 총출동해 가게를 열다

교토의 찻집 역사는 길다. 메이지시대(1868~1912년)로 접어들면서 외국인이 증가했고, 교토의 호텔이나 여관에서 서양 요리를 제공하는 일이 늘었다. 그곳에서 커피도 취급했던 것 같다. 메이지 중기에는 서양 요리점이 시조가와라마치 주변에 생겨나기 시작했음을 당시의 신문광고에서 살펴볼 수 있다. 메이지부터 다이쇼시대(1912~26년)에 걸친 전화번호 책자를 펼쳐보면 서양 요리의 기술과 함께 '카페' '찻집'이라고 적힌 가게가 확인된다. 시대가 지남에 따라 상당히 고가였던 양식이나 커피가 점점 서민의 손에 닿을 만한 수준이 되었고, 대중화되어갔다.

소설가 다니자키 준이치로가 1912년에 쓴 『주작일기朱雀日記』[3]에 이런 대목이 있다.

"안내된 곳은 후야초의 프랑스 요리 만요켄萬養軒이라고 하는 서양 요리 가게였다. 근래 교토의 양식은 일시에 발전해서 캇훼 파우리스타 지점까지도 생겼다."

여기서 말하는 '캇훼 파우리스타'는 1911년에 도쿄 긴자에 문을 연 카페 파우리스타カッフェ・パウリスタ를 일컫는 것일 테다. 브라질 커피의 보급을 위해 브라질 정부의 협력으로 탄생했다고 전해지는 이곳은 전국에 지점을 냈다고 한다.

전쟁 전부터 지금까지 교토에서 영업을 계속하고 있는 찻집으로는 파리의 카페를 모델로 1930년에 탄생한 신신도 교토대북문앞進々堂 京大北門前, 1932년에 '스마트런치'라는 이름으로 시작해 가수 겸 배우 미소라 히바리도 찾았다고 하는 스마트커피점, 더불어 1934년에 창업해 비엔나커피가 명물로 자리잡은 쓰키지와 프랑수아찻집이 유명하다. 모두 전쟁이 끝나고 영업을 다시 시작했으나 코니아일랜드는 전쟁 중 혼란한 시기에 문을 닫고 말았다.

교토는 공습 피해가 거의 없어서 도쿄나 오사카와 비교했을 때 겉으로 봐서는 안정적이었다. 그렇다고는 하나 가와라마치도리 인근에는 여전히 암거래 판잣집이 늘어서 있었고, 교토 사람들에게도 긴 전쟁으로 인한 피로감이 떠돌았다. 코니아일랜드는 대로변인 가와라마치도리에 면해 있었으나 그 안의 모습을 알기 어려운 건물 이층이라는 입지는 찻집으로서 결코 좋은 조건이라고 말할 수 없었다. 이전의 가게는 손님이 없어서 문을 닫았다는 소문까지 있었다.

하지만 미노루는 가게 이름을 바꾸지도 않고, 코니아일랜드를 그대로 이어받아 오쿠노가의 찻집을 시작했다.

원두 조달이나 로스팅 등 커피에 관한 일은 전부 미노루가 담당했다. 전쟁 중에 사치품으로 분류되어 금지되었던 커피 원두의 수입은 아직 재개되지 않았지만, 미노루는 판

찻집에서 생두를 조달했다. 진주군 관계자로 보이는 손님이 가게에 들어오면 황급히 원두가 든 캔을 숨겼다. 어딘가에서 특별 주문한 듯한 커다란 절구통 냄비에 생두를 넣고 손으로 휘저으면서 원두를 볶았다. 원두를 분쇄해 융드립으로 커피를 내렸다. 집안에서 가장 위세가 센 미노루는 항상 무뚝뚝한 얼굴로 가게 카운터 안쪽에 자리를 차지하고 있었다.

웨이트리스로서 손님의 주문을 받는 것은 야에코와 사다에였다.

"손님에게 붙임성 좋게 응대하는 것이 우리들의 일이야."

두 사람은 그런 마음으로 홀에 섰다. 야소하치는 매일 아침 가게를 청소했고, 데이는 주방에서 접시를 닦았다. 데루오는 아직 중학교에 다녔기 때문에 가끔 잡일을 도왔다. 문자 그대로 온 가족이 총출동해서 찻집을 경영했다.

하지만 손님의 발걸음은 뜸했다. 야에코는 한동안 계산대 앞에 앉아 말없이 책 읽는 날을 보냈다.

"우동집이라도 해볼까."

이익률이 보다 높은 장사로 갈아타는 건 어떨지 고민할 정도였다. 매출이 얼마나 적든 간에, 점포를 소개한 사람의 아내가 정기적으로 수금을 하러 왔다. 소개자는 미노루가 예전에 일했던 회사의 사장으로 함부로 할 수 없는 듯했다.

계산대에서 매출의 일부를 건넬 때마다 야에코는 불만이 새어나왔지만, 미노루는 쓴웃음만 지을 뿐이었다.

"너무하네. 그래도 예전에 신세를 졌으니까."

장남의 탄생

1948년 1월의 깊은 밤. 교토 시내에 있는 미노루의 본가 이층에서 야에코는 진통으로 괴로워하고 있었다. 산파의 도움을 받으며 초산의 야에코는 큰소리로 울부짖었다. 다음 날 오쿠노가가 기다리던 장남 다카시가 태어났다.

임신했음을 알았을 때 미노루와 야에코는 셋방을 얻어 살던 미노루 형의 집에서 나와 미노루의 본가로 거처를 옮겼다. 다카시가 태어난 후부터 야에코는 육아에 매진하느라 가게에는 가끔 얼굴을 비출 수밖에 없었다.

가게 문을 연 지 1년 정도 지났지만 여전히 파리만 날리던 코니아일랜드에도 서서히 손님이 늘기 시작했다. 긴 전쟁으로 커피 맛을 갈망하던 대학교수와 학생들이 가게를 찾게 된 것이다. 그중에서도 도시샤대학교에 다니는 '도시샤 보이'가 많았다.

일손이 부족한 지경에 이르러서 웨이트리스 제1호로 오모리 사에코를 채용했다. 면접을 볼 때 사에코는 시가현 구사쓰에 있는 부모님 댁에 살면서, 가족을 부양하기 위해 중학교를 졸업하자마자 곧바로 일을 시작했다고 말했다.

"어머니와 어린아이 둘을 키우는 여동생과 함께 생활하고 있어요."

고생스러운 인생과는 반대로 그녀는 참으로 대화를 잘하고 활기차서 손님들에게 인기가 많았다.

"나는 도시샤 보이가 아니면 사귀지 않아."

그런 말을 하는 사에코였지만 아무튼 사람들과 잘 어울렸다. 교토대학교 출신 작가 고마쓰 사쿄는 '점순이 누나'라고 부르던 사에코를 꽤나 좋아했다고 한다. 그의 단편소설 「철학자의 소경哲学者の小径」[4]에 로쿠요샤가 배경이 된 듯한 가게가 등장하는데, 거기에 사에코와 사다에가 연상되는 인물도 등장한다.

"가와라마치산조를 조금 내려간 곳에 있는 건물 지하의 찻집에 들어가니, 두 사람은 아직 오지 않았다.—그 찻집은 우리 셋이 학생이던 때, 자주 커피를 마시며 오후부터 늦은 밤까지 시간을 보내던 곳이었다. (중략) 그 찻집에는 나의 학생시절부터 있던 두 여성이 있었다. 4~5년 전, 그 가게에 들러 여기서 일한 지 몇 년이나 됐는지 묻자, '8년'이라고 대답했다.—내가 처음으로 그 가게에 간 게 십대의 끝자락이었는데, 그때도 지금처럼 앳된 얼굴을 하고 변함없이 묵묵히 일하고 있었다."

고마쓰를 시작으로 코니아일랜드와 로쿠요샤에는 후대에 이름을 남긴 인물들이 많이 방문했다. 배우로 활동하는 다무라 다카히로, 니타니 히데아키도 그런 인물 중 하나였다. 교토대학교 교수를 역임하고 교토문화박물관 초대 관장을 지낸 과학사가 후루타 미쓰쿠니도 단골이 됐다. 어려서 부모를 여의고, 교토의 친척집에서 자란 배우 다미야 지로는 교토의 오우키고등학교 시절부터 가게에 드나들기 시작해, 가쿠슈인대학교에 입학해서도 때때로 교토에 돌아와서는 가게에 출입했다. 사에코는 다미야를 본명인 '고로짱'이라고 불렀으며, 돈을 빌려준 적도 있다고 한다.

손님들에게 사랑받는 가게의 얼굴이 탄생하고, 단골이 늘고, 가게가 조금씩 궤도에 오르기 시작하던 그때, 건물주로부터 퇴거 요청을 받았다.

"우리 집이 유행을 타니까 자기들이 찻집을 해볼 생각인 거네."

"나는 도시샤 보이가 아니면 사귀지 않아."
코니아일랜드의 제1호 웨이트리스 오모리 사에코.

야에코의 입에서 불만이 터져나왔다.

"할 말은 많지만 별수 있나. 다음을 생각하자고."

미노루는 스스로를 다독이듯이 말했다.

곧바로 다른 곳의 빈 점포를 찾던 중에 코니아일랜드가 있는 건물에서 바로 남쪽으로 인접한 건물 지하의 찻집이 시설을 모두 포함해 물건으로 나왔다는 정보를 얻었다.

우연이었지만, 그 가게는 뒤늦게 귀국한 미노루와 야에코가 재회했던 독특한 분위기의 찻집이었다.

로쿠요샤의 탄생

1950년 오쿠노 일가는 2년가량 영업한 찻집 코니아일랜드에서 바로 옆 건물 지하로 이전해야 했다. 야에코는 미노루와의 재회를 기뻐했던 찻집에서 다시금 출발하게 된 것에 어딘가 운명 같은 걸 느꼈다. 그곳은 '로쿠요샤六曜社'라는 이름으로 전쟁 전부터 영업을 해왔다고 했다. 여섯 명의 여성이 경영을 하고 있었던 데서 가게 이름이 유래했다고 말하는 사람도 있었다. 코니아일랜드는 건물주가 기존의 이름 그대로 영업을 인계하겠다고 한 터라, 새로운 가게에서 같은 이름을 사용할 수는 없었다. 새로운 가게 이름을 붙이는 선택지도 있었을 테지만, 미노루는 대수롭지 않게 말했다.

"로쿠요샤라는 이름 그대로 갈까?"

다시금 기존의 가게 이름을 바꾸지 않고 이어가기로 했다. 야에코도 동의했다. 미노루도 야에코도 대범한 면이 있었다. 또 야에코는 로쿠요샤라는 이름이 은근히 마음에 들었다. 휴양지가 떠오르는 현대적인 코니아일랜드라는 이름도 좋았지만 길일이네 흉일이네 하는, 달력에서 길흉의 기준이 되는 여섯 날을 연상케 하는 로쿠요샤는 어딘가 신비스러운 울림이 있어 좋았다. 패전의 어려움을 이기고 살아낸 남편의 판단을 믿고 맡기면 반드시 괜찮을 거야……. 야에코는 스스로를 그렇게 다독였다. 로쿠요샤에서의 새 출발. 당시 미노루는 27세, 야에코는 25세였다.

가게 이전과 동시에 오쿠노 일가는 시내 중심부의 작은 집으로 이사했다. 코니아일랜드 이층에 살던 가족과 함께 살기 위해서이기도 했고, 야에코가 둘째를 임신했기 때문이었다. 데루오는 취직해 집을 떠났다. 가게에 걸어서 다닐 수 있는 거리여서 통근은 편해졌다. 그해 10월, 야에코는 차남 하지메를 출산했다. 그리고 2년 후인 1952년에는 삼남 오사무가 태어났다. 아들 셋의 육아는 함께 사는 야소하치와 데이에게 부탁할 수 있었기 때문에 출산 후에도 야에코는 미노루와 교대로 가게에 나가 직접 커피를 내렸다. 코니아일랜드에서와 같이 사다에와 사에코가 웨이트리스로서 함께했다.

번화가가 된 가와라마치

전쟁의 기억이 멀어짐과 동시에, 가와라마치도리는 과거의 영광을 나날이 되찾아 교토에서 가장 모던한 장소가 되어갔다. 1955년대, 로쿠요샤가 있는 가와라마치산조에서 서쪽으로 뻗은 산조상점가에 아케이드가 놓였고, 아케이드 천장 중앙에는 형광등이 설치되어 밤이면 주변을 화려한 분위기로 비췄다.

이 무렵 교토에서는 가와라마치도리를 산책하는 것을, 도쿄의 긴자 거리를 걷는 '긴자 타박타박'이라는 말에서 따와 '가와 타박타박'이라고 부르며, 등불에 비친 상점가가 퇴근길 데이트 코스가 되었다. 1950년 로쿠요샤 개점과 동시에 커피 원두 수입이 재개되었다. 하지만 커피 원두는 여전히 구하기 힘든 귀중품이었다. 원두 조달에는 고생이 이만저만한 게 아니었다. 커피 대신 아이스크림을 판매하는 찻집도 있었다고 야에코는 기억한다.

미노루가 의지하고 있던 것은 오가와커피小川珈琲 창업자, 고故 오가와 슈지다. 오가와는 파병을 나갔던 파푸아뉴기니 동부 라바울에서 커피를 알게 됐고, 현지 정보에도 정통했다. 1952년에는 교토에서 커피 도매를 시작했고, 이후 오가와 본인을 포함한 세 명의 사원이 오토바이로 영업을 돌았다. 오토바이 뒷자리에 나무상자를 싣고 볶은 콩을 배달했다고 한다. 미노루는 오가와에게서 원두를 샀고, 둘은 커피에 대해 이것저것 정보를 교환하는 사이가 되었다. 미노루의 둘째 아들 하지메는 아버지의 말을 이렇게 기억한다.

"지배인과 둘이서 자주 자전거를 끌고 원두를 팔러 왔었다고 아버지가 이야기했었지. 여러 가지 주문을 들어주니까 가게의 커피 원두는 오가와 씨에게 부탁했는데, 그후 오랫동안 교류가 이어졌다고 하더군."

『가격사 연표値段史年表』[5]에 따르면 1950년 당시 커피 한 잔 가격은 (도쿄 찻집 기준) 30엔. 로쿠요샤도 거의 그 정도였던 듯하다. 참고로 이 책에 따르면 사이다 한 병(340~350밀리리터)은 48엔, 1951년 교토 시영전차의 보통 성인 승차료(균일제)가 10엔이었으니 커피는 지금과 비교하면 훨씬 사치품이었다고 할 수 있겠다.

로쿠요샤에서 그리 멀지 않은 데라초도리 니조우에에서 산가쓰쇼보三月書房를 운영하던 고 시시도 교이치도 오쿠노 부부의 소중한 친구였다. 교토시에서 태어난 시시도는 게이오대학교 경제학부 학생이었던 1943년에 학도 동원으로 해군에 입대한 후, 부임지인 자바섬에 있던 호텔에서 본격적인 커피를 만났다.

"지금까지 먹었던 커피는 대용품뿐이었어. 내가 그동안 마시던 건 가짜였다는 걸 깨달았지."

시시도는 전쟁이 끝난 후 귀국해 도쿄에서 공산당에 입당했다. 이후 교토의 본가로 돌아와, 1934년에 기야초에서 개업한 프랑수아찻집의 한구석에 마련한 밀레쇼보ミレー書房의 경영을 맡았다. 프랑수아찻집은 미술학교 출신의 노동운동가, 다테노 쇼이치가 창업한 곳이다. 매장 내에는 반파시즘 잡지 『토요일土曜日』이 놓여 있었고, 좌파의 거점이 됨과 동시에 수많은 예술가와 문화인들이 모이는 곳으로 유명세를 얻었다. 바로크양식 돔 같은 유럽식 인테리어는 2003년 국가등록유형문화재로 지정되어 현재도 영업을 계속하고 있다. 시시도는 5년 정도 밀레쇼보를 경영한 후, 산가쓰쇼보의 점주가 되었다. 로쿠요샤와 같은 해인 1950년에 개업하기도 해, 시시도는 매일같이 가게에 드나드는 단골이 되었다.

미노루의 장사 재능

바로 옆 건물로 이전하는 터라 손님의 오고가는 발길에 큰 영향은 없을 거라고 생각했지만, 이번에는 눈에 잘 띄지 않는 지하에 위치한 가게였다. 모처럼 잡은 단골손님을 빤히 보고도 놓치는 일만은 피하고 싶었다. 여기서 미노루는 비밀리에 이전 공지를 쓴 엽서를 제작했다. 단골손님에게 한마디 추신을 받아 지인 앞으로 보냈다.

"엽서 작전이야."

미노루가 그런 엽서를 보내고 있다는 사실을 야에코는 꽤 시간이 지난 후에 알았다. 커다란 창문으로 햇살이 들어오던 코니아일랜드와 달리 지하에 자리한 로쿠요샤의 실내는 한낮에도 어두컴컴했고, 가게 분위기도 많이 달랐다. 15석 정도의 큰 카운터를 중심으로 테이블 자리는 세 개 정도. 미노루는 그 공간을 살리기 위해 대담하게 손을 대기 시작했다. 바닥 타일을 원목으로 바꾸자 그것만으로도 '별난 가게'라는 인상이 지워지고 따뜻함이 살아났다. 햇빛이 들지 않아 한기가 돌았기 때문에 난로를 놓았고, 가게 벽에는 작은 그림을 여러 장 걸어 장식했다.

"그림에는 취미가 없었을 텐데…… 화랑 느낌이 나는 다방으로 꾸미고 싶은 거예요?"

과묵한 미노루는 말을 아꼈다. 남편의 대담한 행동에 놀라면서도 가게 운영에 관해서는 남편에게 맡기겠다고 결심한 야에코는 더이상 참견하지 않았다. 벽을 장식하는 그림은 자주 바뀌었다. 화가와 미대생이 가게를 방문하면서 손님층이 훨씬 넓어진 것은 확실했다. 미노루의 대책은 효과를 보이며 가게 이전 후 손님이 늘었다. 반면 코니아일랜드는 고전하는 듯했다.

미노루가 그림을 의뢰한 화가 중에는 후지나미 아키라가 있다.

"교토에서 나고 자랐어. 호리카와고등학교에 들어가면서부터 로쿠요샤에 드나들기 시작했지. 사복에 학점제였으니 지금하고는 달리 대학교 같은 자유로움이 있었으니까, 아침에 로쿠요샤에서 커피를 마신 후에 등교를 했어. 프랑스 영화를 좋아해서 가와라마치 근처 극장에 매일같이 드나들고, 또 로쿠요샤에 가는 식이었지. 다른 대학의 학생이나 선생을 볼 수 있는 만남의 장소이기도 했어. 철학자인 야나이하라 이사쿠 선생은 거의 매일 있었고, 작가 중에 홋타 요시에나 미즈카미 쓰토무와도 친해졌지."

초기의 로쿠요샤의 모습을 후지나미는 이렇게 회고했다. 이 가게에는 지금도 그의 그림이 넉 점 걸려 있다.

가족이 늘다

교토의 유명 찻집이라고 하면 전쟁이 끝난 직후에 개점한 이노다커피イノダコーヒ*가 필두다. 1940년에 '각국에서 생산한 커피 전문 도매 이노다 시치로 상점'으로 창업, 시내 찻집에 볶은 원두를 도매로 판매했으나, 종전 이듬해에 복직한 이노다 씨가 1947년 창고에 남아 있던 원두를 활용해 커피숍을 오픈했다. 화가이기도 했던 이노다의 센스 넘치는 서양식 실내 인테리어와 '식어도 맛있다'며 처음부터 커피에 밀크와 설탕을 넣은 독자적인 스타일을 선보였다. 그 깊은 커피 맛을 좋아하는 팬이 여전히 많다. 단골들이 지정석에 앉아 담소를 나누는 본점의 아침 광경은 지금도 이어지고 있다. 이노다커피는 어느 쪽인가 하면, 교토 어른들의 사교장으로 자리를 잡아갔다.

한편 로쿠요샤는 번화가 중심에 위치한다는 점에서도 서민파로 자리매김했다. 근처 영화관이나 파칭코 가게에 온 김에 들르는 사람이 있는가 하면, 대학생이 약속 장소로 이용하거나 직장인들이 심심풀이로 방문하기도 했다. 작가와

---

* 일본어로 커피는 'コーヒー'이지만 이노다커피는 'コーヒ'로 표기하고 있다.

기자, 학자도 많이 찾아 상당히 활기찼다.

이 무렵 가게를 찾은 손님 가운데 작가 세토우치 자쿠초* 도 있었다. 당시 자쿠초는 교토의 다이스이쇼인大翠書院이라는 출판사에 근무하고 있었고, 로쿠요샤에도 자주 들렀다고 한다. 가족끼리 꾸려가는 편안함이 감돌던 분위기를 회상했다.

"처음에는 동료를 따라갔는데, 이후에는 동인지 동료들과도 갔던 것 같아요. 데이트에서 남녀가 은밀하게 있을 법한 분위기가 아니라 장소 전체가 우리 집 부엌 같은 느낌이라 마음이 편했지요. 가게 안은 언제나 손님으로 북적였어요. 커피 한 잔 시켜놓고 몇 시간 있어도 누구 하나 화내지 않고, 엄청 가치 있는 이야기를 하는 건 아니지만 대체로 비슷한 사람들이 모였으니까. 문학청년이라든지 그림 그리는 풋내기라든지, 왠지 그런 손님이 많았어요. 아무튼 가게 느낌이 아주 좋았어요. 커피도 맛있었고요. 부인(야에코)의 여동생도 가게에서 일하고 있었는데 친해져서, 결혼이라든가 일상적인 고민 상담 같은 것도 해줬죠. 남편(미노루)은 상당히 담백한 사람이었는데, 재잘재잘 말이 많은 타입은 아니

* 瀬戸内寂聴, 승려이자 소설가. 1998년에 일본의 고대 소설 『겐지 이야기』를 현대문으로 번역해 발표하면서 크게 주목받았다.

어서 거의 이야기를 나눈 적은 없었어요. 나도 그쪽보다는 누나였으니까."

자쿠초의 이야기에서도 미노루의 무뚝뚝한 모습이 전해졌다. 언제나 카운터 안쪽에 자리를 잡고, 어딘가 못마땅한 얼굴로 앉아 있다가 주문을 받으면 천천히 커피를 내린다.

"오늘 마스터 기분은 어때?"

단골손님이 자리에 앉자마자 테이블에 물컵을 놔주는 야에코에게 그렇게 물을 정도로 미노루는 까다로웠다. 언제나 관자놀이에 핏대를 세우고 초조해하는 모습. 점원에게 뭔가 지시를 내리는 소리는 대체로 작고, 야에코나 여동생 사다에가 한 번에 알아듣지 못하면 화를 낸다. 가게에 있을 때는 가족끼리도 사적인 대화는 거의 하지 않았고, 바짝 긴장한 공기가 스태프 사이에 감돌았다. 가게 구석구석 빠짐없이 주의를 기울여, 마음에 들지 않으면 엄격히 지도했다.

"고급 호텔의 서비스를 의식해."

미노루는 그렇게 야에코를 타일렀다. 그러한 교육은 손님이 늘어남에 따라 고용한 아르바이트 웨이트리스에게도 엄격하게 적용됐다. 손님 자리를 향해 서서 끊임없이 살펴본다. 밀크 저그는 손님이 쓰러뜨리는 일이 없도록 컵에서 5센티미터 정도 떨어뜨린 곳에 둔다. 빈 그릇, 빨대 포장지나 밀크 저그는 바로 치운다. 손님 테이블에 놓인 물컵이 비면 바로바로 채운다. 담배꽁초가 쌓이기 전에 새로운 재떨이로 바꾼다…….

"접객업은 무엇보다 청결함이야."

틈만 나면 그렇게 말하던 미노루 자신은 반드시 셔츠에 넥타이, 트위드재킷 차림을 고수했다. 머리도 늘 포마드로 단정하게 고정했다.

가게 영업은 이른 아침부터 밤 열시까지 연중무휴로 운영됐다. 자정까지 영업하던 시기도 있었다. 아침부터 저녁, 저녁부터 문을 닫기까지 2교대로 미노루와 야에코가 중심이 되어 가게를 돌봤다. 미노루는 가게에 스태프 3인이 있는 체제를 고집했다. 커피 담당 한 명, 설거지 담당 한 명, 접객 한 명. 사다에가 결혼해 집을 나간 뒤에는 오모리 사에코 외에도 아르바이트 점원을 늘렸다.

미노루의 부업

가와라마치 인근에 위치한 찻집은 어느 곳이든 떠들썩했다. 로쿠요샤에서는 클래식을 중심으로 재즈와 샹송 레코드를 틀었다. 당시 레코드는 상당히 고가로, 집에서 쉽게 들을 수 있는 시절이 아니었기에, 레코드를 들을 목적으로 가게를 찾는 손님도 많았다. 신청곡을 받기도 했지만 좁은 가게 안은 대체로 이야기를 나누는 손님들의 목소리와 담배 연기로 가득찼다.

"손끝이 노랗게 변할 정도의 골초마저도 질려할 정도였지."

다이쇼시대에 창업한 노포 끈목 판매점에서 태어나, 당시 교토대학교에 다니고 있던 고 고야마 도미타로가 이야기하는 로쿠요샤의 모습은 지금과는 많이 다른 것 같다.

1960년대에 들어 안보투쟁 등의 영향으로 '학생의 거리' 교토에서는 학생운동이 활발해지고, 로쿠요샤에도 혈기왕성한 학생들이 몰려들기 시작했다.

당시 로쿠요샤에서의 기억을 기록한 잡지 기사[6]에는 이런 내용이 있다.

"지하실로 통하는 가파른 계단을 자주 오르내리던 1960~61년경, 거리에는 「아카시아 비가 그칠 때」나 「위를 향해 걷자」가 흐르고 있었다."

"시위 후 돌아가는 길에 좌절과 허무감에 망가진 기분을 치유할 목적으로 들르는 코스이자 동료들과 연락을 취하는 곳이 바로 로쿠요샤였다. 언제나 누군가가 기다리고 있었다. 휴대전화가 존재하지 않던 시절이었다. 마돈나들은 곧바로 손님의 얼굴과 이름을 기억해 어떤 전화든 확실하게

신청곡을 받기로 했지만 좁은 가게 안은
대체로 이야기를 나누는 손님들의 목소리와 담배 연기로 가득찼다.
"손끝이 노랗게 변할 정도의 골초마저도 질려할 정도였지."

연결해주었다. 로쿠요샤라고 인쇄된 메모지가 준비되어 있었고, 동료들의 메모를 전해줄 때 마돈나들의 천진난만한 미소에 나도 모르게 가슴이 뛰곤 했다. 사랑과 논의와 시비가 소용돌이치는 전시장이었다. 나이가 많든 적든 같은 소파에 붙어 앉았다. 사람과 사람이 접촉함으로써 또다른 무언가가 만들어지는 촉매제 같은 곳이었다."

작은 가게라고는 하지만 많은 사람이 교차하는 로쿠요샤에서는 다양한 인간 드라마가 전개되었다. 휴대전화도 인터넷도 없던 시절, 찻집은 손님들끼리 연락을 주고받는 중계소 같은 역할을 했다. 가게의 메모장에 전언을 남겨 손님 사이의 가교가 되기도 했다. 갑자기 내릴 비를 대비해 우산을 놔두는 단골손님도 있었다. 로쿠요샤는 다양한 인간군상의 목격자이자, 때로는 삶의 희비가 교차하는 곳이기도 했다. 야에코는 그런 찻집을 운영한다는 점에서 자부심과 보람을 찾아갔다.

1963년에는 한큐 교토 본선이 오미야역에서 시조가와라마치까지 연장되어 '가와라마치역'이 개통되었다. 사람의 흐름이 바뀌었다. 로쿠요샤는 번창을 거듭해 아르바이트를 열 명 안팎으로 고용할 정도가 됐다. 가게 안은 늘 사람들로 북작거렸다.

그럼에도 가게 경영은 빠듯했다. 손님 대부분은 커피 한

잔을 주문하고 최소 두 시간은 가게에서 보냈다. 좁은 가게라 회전율이 형편없었다. 구 만주에서 거의 빈털터리로 몸만 빠져나와 재산이라고 할 만한 게 없던 오쿠노가에겐 가게와 새집 집세와 아르바이트 임금을 지불하고 나면 수중에는 가족이 겨우 입에 풀칠할 정도의 돈밖에 남지 않았다. 그런데도 종업원을 줄이는 것은 극진한 서비스를 중시하는 미노루가 허락하지 않았다. 결국 야에코가 가능한 한 가게에 출근해 일했다.

이 무렵, 제1호 웨이트리스 사에코도 30대를 코앞에 두고 가게를 그만둔 뒤, 1963년에 오사카 니혼바시에서 3평 정도의 작은 찻집 커피스몰珈琲スモール을 열었다. 평생 독신으로 살았다는 사에코는 2013년 암으로 세상을 떠났지만 조카가 찻집 경영을 이어가고 있다.

몇 년이 지났을 무렵, 야에코는 남편의 수상한 움직임을 눈치챘다. 종종 가게로 부동산 관련 전화가 걸려왔다. 야에코가 전화를 받아 바꿔주어도 평소의 신경질적인 표정으로 상대방과 나직이 이야기할 뿐, 전화를 끊은 후에도 야에코에게는 아무런 말도 하지 않았다.

"뭔가 수상해."

어떤 문제에 휘말린 건 아닌지 불안이 스쳐지나갔다. 하도 전화가 잦아서, 어느 날 야에코가 큰맘 먹고 묻자 미노루가 무거운 입을 열었다.

“부업으로 토지나 가옥의 중개를 하고 있어. 돈벌이는 그저 그렇지만.”

미노루는 어느샌가 부동산감정사 자격증도 땄다. 로쿠요샤의 녹록지 않은 경영을 보완하려는 의도였던 것 같다. 가게 경영에 관해서는 모두 남편에게 맡기고 있었기 때문에 야에코는 아무 말도 할 수 없었다.

“한마디 해주면 좋을 텐데.”

그런 생각도 들었지만, 하나부터 열까지 스스로 하지 않으면 직성이 풀리지 않는 남편의 성격을 잘 알고 있었기에 내버려두기로 했다.

이사

둘째 아들 하지메가 유치원에 다니게 되었을 무렵 천식이 악화됐다. 그후, 시조도리 가까이의 집 뒤편에 높은 건물이 생겨 해가 잘 들지 않게 되어서인지 하지메의 건강은 나아지지 않았다. 찻집 경영은 여전히 빠듯했지만 그나마 부업인 부동산중개 덕택에 오쿠노가의 경제 상황은 궤도에 올라 있었다.

"볕이 잘 드는 집으로 옮기자."

부동산중개를 하며 터득한 노하우를 살려 미노루는 공기 좋은 곳에 위치한 집을 찾기 시작했다. 얼마 후 평당 1만엔이라는 저렴한 가격으로 100평에 이르는 히가시산의 난젠지 인근 토지를 찾았다. 일대는 메이지시대 비와코 수로의 완성 시점에 정재계의 유력인사가 빠짐없이 히가시산을 배경으로 정원이 있는 별장을 지은 풍광의 토지로, 시내 중심부의 가게와도 가까운 곳이었다. 현장을 찾자, 잡초가 무성하게 자란 그곳은 새로운 집을 꾸밀 장소로 안성맞춤으로 보였다. 야에코도 마음에 들어 토지를 구입해 모두를 위한 집을 지었다. 당시 오쿠노가의 모습을 하지메는 이렇게 회상한다.

"유치원을 도중에 그만둘 정도로 천식이 심했어. 그 무렵, 가게 문을 아홉시에 열었다고 기억하는데, 아침 다섯시부터 아홉시까지 외할아버지인 야소하치가 가게 청소를 하고, 이따금 이사 간 집에서 할아버지를 따라 가게에 갔었지. 할아버지는 50cc 오토바이, 나는 자전거로. 용돈도 벌고 말이야. 카운터 안쪽은 할아버지가, 손님 자리는 내가 맡는 등 역할 분담을 해서 청소했어. 같이 살던 할아버지는 80세가 넘을 때까지 가게 일을 도와주셨지. 청소 외에도 물을 끓여 놓거나 얼음을 주문하거나 보일러 등유를 배달해달라고 하

난젠지 인근의 집과 오쿠노 일가
1958년 무렵
"볕이 잘 드는
집으로 옮기자."

는 등 잡일을 거뒀지. 할아버지는 가게 운영에 없어서는 안 될 존재였어."

첫째 다카시도 셋째 오사무도 가끔 할아버지와 함께 가게 청소를 도왔다. 그렇게 해서 세 아들은 지극히 자연스러운 형태로 찻집 공간이나 커피 일을 일상의 연장으로 접해갔다. 오사무도 다음과 같이 회상한다.

"다섯 살 무렵부터 가게에 갔었나. 일요일 아침 여섯시쯤에 할아버지가 가게에 가니까 용돈을 받을 요량으로 따라갔지. 청소가 끝나면 가게에서 커피 한잔 마시면서 쉬기도 했고."

번영의 나날

경제적 여유가 생기자 미노루는 탈것에 빠져들었다. 기분이 언짢을 때도 자동차 얘기가 나오면 빙긋이 웃었다. 처음으로 구매한 것은 후지중공업의 전신인 회사가 내놓았던 래빗 스쿠터. 이후 구입은 점점 에스컬레이터를 타듯 심해져, 대형 할리데이비슨 바이크를 샀을 때는 많은 사람이 진기한 물건을 구경하듯 모여들었다. 이후 몇 대밖에 제조하지 않았다는 르노의 노란색 스포츠카를 구입했을 때는 프랑스에서 르노 직원들이 보러 올 정도였다. 하여간 희귀한 차였다. 야에코로서는 전혀 이해할 수 없는 세계였지만, 남자들의 허세 가득한 멋 부림이 의외로 단골들을 붙잡고 있다는 점도 알았다. 서로의 취미에는 간섭하지 않는 것이 부부의 불문율이었다.

야에코에게도 취미를 만들 여유가 생겼다. 영화, 연극, 음악…… 보고 싶은 것이 있으면 미노루와 근무시간을 조정했다. 저녁때, 일을 마치고 일단 귀가해서 끼니도 대충 때우고 아이들은 부모님에게 맡기고 전후의 찬란하게 빛나는 거리로 이끌리듯 외출했다. 새로운 연극을 좋아했다. 무대에서는 젊은 시절의 스기무라 하루코나 나카다이 다쓰야가 빛나고 있었다. 해외의 유명 바이올리니스트가 일본에 올 때면 들으러 갔다. 만주에 공연 차 방문한 다카라즈카 가극에 매료된 이래 팬이 되었고 유소년기에는 극단에 들어가는 꿈을 꾸기도 한 야에코는, 어머니 데이와 1박 일정으로 다카라즈카 관람을 하러 가기도 했다. 샘솟는 호기심을 안고 일을 하는 것이 손님과의 대화에서도 꽃을 피워 야에코는 가게에서 일하는 재미를 알아갔다.

그런 식으로 시간은 순식간에 지나갔다. 세 아들이 청년으로 성장한 1968년, 개점을 한 지 20년 가까이 지나 단골손님도 늘고 지하점만으로는 비좁아졌을 때 마침 일층 점

기분이 언짢을 때도 자동차 얘기가 나오면 빙긋이 웃었다.
야에코로서는 전혀 이해할 수 없는 세계였지만,
남자들의 허세 가득한 멋 부림이 의외로 단골들을 붙잡고 있다는 점도 알았다.
서로의 취미에는 간섭하지 않는 것이 부부의 불문율이었다.

포가 비었다. 당장 그 점포를 빌려 지하에서 지상으로 찻집을 옮기기로 했다. 일층의 점포는 지하점보다 한층 넓고, 거리에 면해 있어 손님들이 드나들기에도 보다 쉬웠다.

1970년에 발행된 『신편 교토 미각 산책新編 京都味覚散歩』[7]에 이전하고 2년 후 로쿠요샤의 모습이 기록되어 있다.

"좁으면서도 효율적으로 구조가 잘 빠진 인기 커피점이다. 건축 자재로 적송, 나왕, 호두나무 등을 아낌없이 사용하고 있어 상당히 고급스러운 느낌의 가게다. 벽면에는 기요미즈야키*의 초록색 타일을 사용해 교토다운 분위기도 내고 있다. 손님 자리가 좁은 관계로 손님들끼리 사이좋게 동료의식을 가질 수 있도록 배치되어 있는데, 이는 어느덧 옆에 앉은 사람과 대화를 나눌 수 있는 기회도 만들어지게끔 의도한 것이라고 한다."

이전하기로 한 판단은 완전히 적중했다. 충실한 실내장식과 찻집 공간에 대한 고집스러움 등 미노루만의 센스가 새로운 점포에서도 빛을 발했다.

한편, 빈 지하점은 선술집으로 개조해 밤에만 영업하는 이자카야 로쿠요ろくよー라는 이름으로 1969년에 재출발을 했다. 선술집이라고는 하지만 실제로는 바와 같은 형태로,

---

* 清水焼, 교토 기요미즈데라 인근에서 구워내는 도자기.

미노루는 바텐더 남성 한 명과 여성 종업원 두 명을 새로 고용했다. 이곳도 번창하여, 미노루는 북적이는 가게 두 곳의 총책임을 맡았다.

앞서 말한 『신편 교토 미각 산책』에는 로쿠요에 대한 언급도 찾아볼 수 있다.

“최근 지하에도 스낵바를 만들었는데 이쪽은 좀더 고급스럽다. 정원은 테이블석에 열여섯 명, 카운터에 열한 명 정도 앉을 수 있다. 여기서는 주류 외에 샌드위치, 필라프, 스파게티 등을 판매하고 있다. 모두 젊은 사람들의 취향에 딱 맞아떨어지기 때문인지 항상 손님으로 북적이고, 커피도 제법 엄선해서 내려 맛이 좋다.”

1971년에 출간된 다카노 에쓰코의 베스트셀러 『스무 살의 원점二十歳の原点』[8]에도 로쿠요가 등장한다. 이는 리쓰메이칸대학교에 다니다 철로에 몸을 던져 자살한 저자가 생전에 쓴 일기로, 1969년 1월 2일부터 6월 22일까지 약 6개월간의 기록이 남아 있다. 그중 4월 15일경, 로쿠요에서 마신 메뉴로 ‘온더록, 진라임, 아스파라거스’가 적혀 있었고, 값은 총 900엔이었다.

“로쿠요*에서 혼자 술을 마신 뒤 나는 잘 웃었다. 그리고

---

* 저자는 일기에 가게 이름을 ‘ろくよう’라고 썼다.

울었다. 울고 웃는 묘한 감정으로 지냈다. 저 웨이터 아저씨에게 'Do you know yourself?(자기 자신을 아세요?)'라고 말했더니 'Yes, perhaps, I know myself(네, 아마도요. 저는 제 자신을 압니다)'라고 답했다. 나는 'I don't know myself(저는 저를 모르겠어요)' 하며 웃었다."

일층의 찻집에서 일하는 야에코는 다카노 에쓰코라는 이름을 들어본 적이 없었다. 책에 등장한 웨이터에게 묻자 "왠지 그런 대화를 나눈 기억이 있다"라고 했다. 구 만주에서 죽느냐 사느냐의 시대를 힘겹게 지나온 입장에서 보면, 모든 것이 넘쳐나고 자유 속에서 사는 젊은이가 왜 자살을 결심할 만큼 고민을 했는지 이해하기 어려운 부분도 있었다.

덧붙여서 『스무 살의 원점』에는 사쓰키さつき, 마쓰오松尾, 하쿠야白夜, 린덴リンデン 등 많은 가게들이 등장해, 지금은 없는 교토의 흔적을 작품을 통해 더듬어볼 수 있다. 교토 재즈 카페의 선구이자 지금은 전설적인 찻집으로 남은 샹클레어Champ Clair는 로쿠요샤가 개점하고 6년 뒤인 1956년, 호시노 레이코라는 여성이 고진구치 가와라마치 도로변에 문을 열었다. 호시노는 마일스 데이비스, 윈턴 켈리 같은 해외 거물급 재즈 뮤지션들과의 화려한 교유로 때로는 추문이 일기도 했지만, 『스무 살의 원점』이나 구라하시 유미코의 소설 『어두운 여행暗い旅』에 가게 이름이 언급되는 등 전

국적으로 유명세를 탔다. 가게는 1990년경에 문을 닫았고, 관계자에 따르면 호시노는 1996년 7월 16일 기온축제 전야제가 열리던 날에 암으로 사망했다.

고도 경제성장과 가출 소녀

미노루가 두 개의 점포를 경영하기 시작한 1970년대 초에는 전쟁이 끝난 후 많은 것들이 풍요로워지면서 지방에서 도시로 젊은이들이 몰렸다. 도시 가출 소녀의 증가가 사회문제로 자주 거론되던 시절이기도 했다. 교토 번화가에 있는 로쿠요샤에도 그런 사연이 있는 소녀 몇 명이 찾아왔다.

1974년 10월, 원치 않는 혼담을 부모가 강요해 니가타의 본가를 뛰쳐나왔다는 소녀가 불쑥 찾아왔다. 로쿠요샤에서 일하는 웨이트리스를 알게 되어 사람을 구한다는 말을 들었다고 했다. 하지만 로쿠요샤의 이름은 알지 못했다.

"자, 그럼 내일부터 출근해요. 대신 힘드니까 각오하고."

미노루는 자세히 캐묻지 않고, 따뜻하게 소녀를 받아들였다. 그 소녀는 지금도 지하 바에서 일한다.

여행 가방 하나만 들고 나타난 소녀도 있었다.

"어디서 왔어요?"

"오노미치요."

돈도, 갈 곳도 없는 듯한 모양새다. 보다 못한 야에코는 소녀를 집으로 데려가 며칠간 보호했다. 어떻게 해도 집에는 돌아가지 않겠다고 하는 통에 웨이트리스로 고용해 소녀를 돌보기로 했다. 교토대학교 농학부 옆 학생용 작은 아파트를 발견하고 빗자루와 양동이를 각각 들고 방을 청소하고 이불과 냄비를 옮겼다.

소녀가 로쿠요샤에서 일을 시작한 지 몇 년이 지났을 무렵, 이번에는 그 어머니가 딸에 의지해 집을 나왔다.

"될 대로 되라지."

야에코는 어이없음을 넘어 웃음이 치고 올라왔다. 머지않아 그 아이는 도시샤대학교에서 가까운 이마데가와도리 인근에 있던 믹ミック이라는 찻집으로 자리를 옮겼고, 가게에서 알게 된 교토대학교를 졸업한 남자와 결혼했다. 상대는 규슈 노포의 아들이라고 했다. 얼마 지나지 않아 일을 그만둔 후에는 고향인 구마모토현 야쓰시로에서 찻집을 열기로 했다고 한다.

"저희 가게도 로쿠요샤라고 이름 붙여도 될까요?"

"물론, 얼마든지."

결국 가게명은 두 사람이 만난 '믹'으로 정리되었지만 가끔 연락할 때는 스스로를 "규슈의 로쿠요샤입니다"라고 불렸다.

나날이 발전하는 고도 경제성장기. 찻집을 둘러싼 환경도 서서히 바뀌고 있었다. 1970년에 커피관珈琲館이 도쿄에 1호점을 오픈. 교토에서도 1972년에 24시간 영업하는 가라후네야からふね屋가 창업을 하고, 이후 체인점이 퍼지기 시작했다. 전후 물가 상승과 더불어 찻집의 커피 값도 급상승했다. 앞에서 서술한 『가격사 연표』에 따르면 1970년, 한 잔에 120엔 하던 커피 값이 5년 후에는 230~250엔으로 배 이상 껑충 뛰었다. 로쿠요샤도 예외는 아니어서 그즈음 커피 값은 한 잔에 250엔이었다.

다만 교토에는 아직 느긋한 분위기가 감돌고 있었고, 개인이 경영하는 찻집에서는 손님이 마시다 만 커피를 그대로 두고 볼일을 보러 가게를 나갔다가 얼마 후 다시 돌아오는 일도 자주 있었다. 가게 입장에서도 그런 점을 두고 불평하는 일은 없었다.

아들 세대로

이 무렵부터 둘째 아들 하지메가 로쿠요샤 찻집 일을 돕기 시작했다. 하지메는 어려서부터 형제 중에서도 가장 자주 로쿠요샤를 드나들었다. 쉬는 날이면 할아버지와 가게 청소를 하러 들렀고, 여름방학이면 용돈벌이 겸 매일 가게 일을 도왔다. 야소하치가 은퇴하고 나서는 하지메가 가게의 청소를 담당하는 일이 많아졌다. 하지메는 공부에 뜻이 없어서 오우키고등학교를 중퇴했다. 찻집 일이 적성에 맞는다고 판단한 미노루는 아들 하지메에게 말을 꺼냈다.

"취직자리도 딱히 없었으니까 일단 1년 정도 가게에서 설거지를 했지. 아버지에게는 꾸중을 들을 때도 많았지만 사이는 좋았어. 설거지하다가 한번은 '어때, 한번 해보는 건' 하고 얘기를 꺼내시더라고. 가와라마치오이케의 다이와학원에 찻집 전문과라는 것이 생겼는데 다녀보라고. 거기에 반년인가 다녔어. 커피 내리는 법, 샌드위치나 핫케이크 굽는 법, 칵테일 만드는 법까지 공부했지."

전문학교를 졸업하자 미노루는 하지메에게 '견습 점원'을 명했다. 견습 점원 근무처는 미노루와 오랜 친분의 사장이 있는 오가와커피였다.

"(로쿠요샤를) 이으라는 거야. 난젠지의 집에서 아버지를 따라 오가와커피 본사에 갔더니 사장 차에 실려 본사에서 후시미 점포까지 또 따라갔어. 당시 그 가게에서는 커피를 100엔인가 120엔 정도에 판매했지. 사장이 그 자리에서 직원들에게 '이 애는 내가 큰 은혜를 입은 분의 아들이니 엄하게 키워달라'고 하셨지."

그곳에서 견습 점원으로 3년간 일했다.

"그때 마침 교토 붐이 일었어. 『앙앙an · an』 『논노non-no』 『헤이본펀치平凡パンチ』 같은 잡지에서 교토 특집으로 로쿠요샤를 소개하면서 가게가 말도 못하게 바빠졌지. 아버지도 어머니도 '몸이 버티질 못하겠다'라고 말할 정도였어. 가게는 늘 만석이었고, 저녁나절에는 너무 혼잡한 데다 담배 연기로 반대편이 보이지 않을 정도였어. 그래서 오히려 가게에 오기를 꺼려하는 사람도 있었지. 로쿠요샤는 좀 별난 사람이나 가는 곳이라는 분위기가 생겼달까."

정치의 계절은 끝나가고 있었다. 1970년 오사카 만국박람회의 여열과 함께, 같은 해부터 구 국철이 시작한 '디스커버·재팬 캠페인'이나 같은 시기에 발간된 여성잡지 『앙앙』과 『논노』가 계기가 되어, 간사이 여행 붐이 일었다. 혈기왕성한 학생운동가가 점차 줄어드는 한편 '안논족'*이라고 하는 관광객이 고도古都 교토로 몰려들었다.

---

* アンノン族, 1970~80년대 일본에서 한 손에 잡지나 가이드북을 들고 여행을 하는 젊은 여성들을 일컫던 말.

고양이 손이라도 빌리고 싶을 정도로 바빠서였는지 미노루는 어느 날 하지메에게 불쑥 말을 꺼냈다.

“이제 됐으니 돌아오거라.”

미노루의 지시에 따라 1972년에 하지메는 드디어 가업에 합류했다. 그때까지 커피를 내리는 일은 미노루와 야에코 두 사람이 돌아가면서 담당했으나, 이제 하지메가 합세했다.

“새벽 청소와 비품 주문 등 개점 준비를 하고 아버지나 어머니와 교대하는 오후 한시까지 커피를 내렸지. 그후에 결혼했고, 아이가 유치원에 들어가면서부터 아내도 가게 일을 돕게 됐어. 이후 낮 시간에는 나와 아내, 밤 시간에는 아버지나 어머니가 맡는 식으로 분담했지. 웨이트리스 교육도 맡게 됐고, 그러다보니 오사무도 일층 가게를 돕게 됐어.”

그리고 1978년에는 장남 다카시가 지하 로쿠요에서 일하기 시작했다. 오우키고등학교를 졸업하고 오사카산업대학 기계과에 진학한 다카시는 대학 졸업 후 교토 시내의 자동차 정비 공장에서 3년 정도 근무하고 있었지만, 로쿠요를 맡고 있던 바텐더가 그만두는 바람에 미노루가 다카시를 불러들였다.

“너는 바를 도와라.”

미노루의 지시에는 싫다 좋다를 말할 수 없는 뭔가가 있었다. 당시 다카시는 서른 살로, 가끔 가게 청소를 돕기는 했지만 커피를 마시지 않는다는 점도 있어서 다른 형제만큼 가게를 자주 찾지는 않았다. 그런데도 다카시가 술을 좋아한다는 점을 간파한 판단이었던 것 같다.

"아버지가 하라니까 어쩔 도리가 없네."

오쿠노가에서 미노루는 절대적인 존재였다. 야에코가 끼어들 여지가 없었다. 결국 다카시는 공장을 그만두었다.

"이것으로 당분간은 평안할 거야."

야에코는 두 형제가 가업에 참여하는 점을 믿음직스럽게 여겼다. 이후 40여 년, 다카시는 지하 바에서 묵묵히 자리를 지키고 있다.

당시의 가와라마치에는 영화관이 넘쳐났다. 교토 스칼라좌, 도호코라쿠극장, 교토 다카라즈카회관, 교토 아사히시네마……. 출판사와 서점, 음반 가게도 많아 문화의 향기가 가득차 있었다. 거리의 얼굴같은 존재였던 마루젠 교토 가와라마치점(2005년에 폐점했으나 10년 후 마루젠 교토 본점이라는 이름으로 다시 문을 열었다), 신신도 교호점 등의 서점에서 열리는 토크쇼 등의 이벤트에 커피 배달을 하는 일도 종종 있었다.

1981년 『월간 교토月刊京都』[9]의 기사가 당시의 로쿠요샤의 상황을 상세히 전하고 있다.

“교토의 커피 전문점 가운데 노포 중 하나인 이곳은 가와라마치 인근에서는 모르는 사람이 없을 정도로 유명하고 많은 사랑을 받고 있다. (중략) 혼자서 느긋하게 커피를 맛보는 남자 손님이나 가와라마치에서 약속 장소로 이용하는 손님들 외에도 이곳에서는 혼잡할 때는 반드시 합석을 하게 되어 있어 합석을 노리는 젊은이 등, 이용객의 층도 다양하다. 커피를 마시면서 처음 만나는 사람과도 자연스럽게 이야기를 나눈다. 메뉴는 오래전부터 크게 변화한 것은 없다. 커피는 한 잔에 250엔, 푸드 메뉴는 토스트뿐이다.”

장성한 아들들이 새롭게 가게를 맡은 것처럼 손님층도 세대교체를 맞았다. 오쿠노 일가를 중심으로 로쿠요샤는 더욱더 변화한 장소가 되어갔다.

새로운 싹

오사무

한여름의 모험

1960년대 중반. 중학생이 된 오쿠노 미노루와 야에코 부부의 셋째 아들 오사무는 라디오에서 들은 밥 딜런의 음악에 끌렸다. 그의 손끝에서 만들어지는 어쿠스틱기타의 코드를 타고 흐르는 허스키한 노랫소리와 하모니카의 음색은 그때까지 듣던 유행하는 그룹사운드나 가요와는 뭔가 달랐다.

"이 거슬거슬한 느낌은 뭐지?"

말로는 표현할 수 없는 충격이 밀려왔다. 어렵게 모은 용돈 1만5000엔으로 야마하의 어쿠스틱기타를 샀고, 밥 딜런의 「블로잉 인 더 윈드」나 피터, 폴 앤드 메리의 곡을 커버했다. 중학교 후반이 되어서는 직접 곡을 만들기도 했다.

학교가 쉬는 날에는 부모님이 경영하는 로쿠요샤에 가끔 나갔다. 좋아하는 커피를 공짜로 마실 수 있었으니까. 그리고 무엇보다 어른의 공간을 동경했다. 많은 사람이 드나드는 찻집은, 좀더 발돋움하고 싶은 나이의 소년에게는 참을 수 없는 분위기였다.

지하점으로 내려가는 계단 옆 벽면에는 극단의 공연이나 콘서트 포스터, 공지 같은 것들이 붙어 있었다. 요코오 다다노리 디자인의 현란한 '상황극장'의 포스터를 보면서 자신이 모르는 세계가 이 세상에는 아직도 많이 있다고 느꼈다. 로쿠요샤를 오가는 어른들은 학교에서 만나는 또래와 선생들에게는 없는 자극으로 가득차 있었다. 당시 로쿠요샤에는 음악, 연극, 문학 등 대항문화를 담당하는 사람들이 많이 드나들었다.

음악에 빠져 공부는 완전히 뒷전이었고, 결국 공립고등학교 입시에 실패했다. 당연한 결과라고 말하면 그만이지만 본의 아닌 결과에 큰 좌절감을 느꼈다. 첫 관문에서 얻은 쓰라린 경험은 어딘가 음영을 띤 세계에 대한 관심을 더욱 자극했다. 1960년대 후반은 반전운동과 안보투쟁, 학원분쟁 등 전후 사회의 새로운 조류가 일어난 시기였다.

결국 오사무는 남자 학교인 사립 히가시야마고등학교에 다니기 시작한다. 그리고 1968년, 고등학교 1학년 여름방학에 자신처럼 포크에 빠져 있던 동급생 구로카와 슈지를 꾀어 과감히 도쿄로 여행을 떠난다.

목적지는 노동자의 거리인 산야山谷. 일용직 노동자들이 저렴한 가격으로 묵을 수 있는 간이 숙박업소가 즐비한 이른바 '도야마치ドヤ街'였다. 고도 경제성장기가 한창이었던 그해에 일본 최초의 초고층 빌딩 가스미가세키 빌딩이 완공됐다. 지난 전쟁으로부터 사반세기가 지나 일본은 풍요로 가는 계단을 뛰어오르고 있었다. 한편, 모순된 모습도 곳곳에서 드러났는데 산야는 그 상징적인 장소로 알려져 있었다. 지금 일본의 중심 도쿄에서는 무슨 일이 벌어지고 있는가.

"이 눈으로 확인해보고 싶어."

여행 전에 연락을 주고받았던 교토의 포크 가수 도요타 유조의 주선으로, 두 사람은 산야의 간이 숙박업소에 묵을 계획을 짰다. 도요타가 기다리겠다고 한 다케나카 로의 사무실로 먼저 향했다.

산야해방투쟁을 지원하거나 연예계·정계의 어두운 면을 파고드는 등 항상 세상을 떠들썩하게 하는 '반골의 르포라이터' '싸움꾼 다케나카' 등으로 불리는 다케나카 로. 물론 오사무도 그 이름을 알고 있었다. 당시 다케나카는 자신의

사무실을 '개방'해놓아 마치 양산박*처럼 젊은이 여럿이 모여 살고 있었다. 사무실에 도착해 도요타의 모습을 발견하자마자 그가 곧바로 산야를 안내해주겠다고 나섰다. 두 사람은 고동치는 가슴을 누르며 여행의 목적이었던 산야로 향했다.

그날 산야는 술렁였다. 수십 명에 이르는 일용직 노동자와 활동가들이 지금부터 도쿄도청에 난입할 거라고 했다. 그 군중 속에 동경하는 뮤지션 하야카와 요시오가 있었다. 테이프리코더를 한 손에 들고 시위에 동행해 녹음한 소리로 다큐멘터리 앨범을 제작한다고 했다. 이것은 굉장한 현장을 목격할 수 있는 기회다! 두 사람은 불안과 흥분이 뒤섞인 채 군중의 뒤를 따랐다.

시위 일행의 목적지는 도지사 사무실. 당시에는 혁신계인 미노베 료키치가 도쿄도지사를 맡고 있었다. 어떻게든 도지사실까지는 도착했지만 도지사는 자리에 없었다. 산야의 사내들은 주인 없는 넓은 방이 울릴 만큼 요구사항을 외쳤다.

"날삯을 올려라!"

날삯이 하루 일당을 일컫는 말이라는 걸 안 것은 나중의

---

* 梁山博, 호걸이나 야심가들이 모이는 곳.

일이다. 모두의 구호를 두 사람도 따라 했다. 그러자 기동대 복장을 한 삼엄한 분위기의 남자들이 우당탕 방으로 들어오더니 단숨에 시위대 전원을 몰아냈다.

순식간에 일어난 일이었지만 하루하루 연명하는 일용직 노동자의 실정이나 과격한 방법으로 정치에 나서는 사람들의 소용돌이에 빠져 시대의 최전선이라고도 할 수 있는 장소에 섰던 경험은 지방의 한 고등학생이던 두 사람에게 커다란 문화충격으로 다가왔다.

학교를 그만두다

교토에 돌아와서는 지금까지의 공부에 완전히 흥미를 잃어버렸다. 도쿄에서 일어나는 일이 잊히지 않아 오사무도 구로카와도 곧 고등학교를 중퇴했다. 뭔가 예술과 관련된 일을 하고 싶다는 생각에 오사무는 부립 히요시가오카고등학교의 미술과에 편입했지만, 마치 직업훈련처럼 기모노 무늬 등을 배우는 수업에 영 흥미를 느끼지 못해 매일 답답함을 느꼈다.

이듬해에 오사무는 구로카와와 공통의 친구 다카하라 히로시, 시무라와 4인 밴드 '곤도아웃키'를 결성했다.

"마음을 흔드는 음악을 좀더 알고 싶다. 무엇보다 세상을 더 느끼고 싶어."

그러기 위해서는 역시 도쿄에 가지 않으면 안 된다는 기분을 아무래도 억제할 수가 없었다.

당시 만났던 나가시마 신지의 만화 『후텐フーテン』[10]이 도쿄에 대한 마음을 더욱 강하게 만들었다. 『후텐』은 학교를 그만두고 신주쿠의 후미진 곳에서 사는 젊은이의 군상을 그린 만화다. 작품 속에는 종종 찻집이 등장한다. 찻집 풍경에 익숙한 오사무이기에 자신과 맞닿은 점이 많은 이야기로 다가와 더욱 마음에 들었을지도 모른다. 사랑이 시작되는 곳이자 말없이 음반을 듣는 곳, 주먹다짐이 벌어지는 곳이기도 한 찻집은 과거를 가진 사람들이 일순 교차하는 이야기의 무대였다.

1968년에 TBS의 프로그램에서 「자위대에 들어가자」를 불러 세간의 주목을 받은 유일무이한 포크 가수, 다카다 와타루. 다카다는 1969년에 간사이 포크의 거점이라고 할 수 있는 오사카 다카이시 사무소에 소속되어 교토 야마시나의 하숙집에서 2년간 지낸 적이 있다. 훗날 '만취 시인'이라고 불린 다카다이지만 그즈음에는 술을 마시지 못했다. 마시는 거라고는 오직 커피뿐. 해가 중천에 떴을 때쯤 일어나

하숙집을 나와 교토 시내 중심부까지 걸어가 이 집 저 집을 다니며 커피를 마시는 게 일과였다. 커피 한 잔으로 몇 시간씩 죽치고 앉아 멍하니 담배를 피우거나 뮤지션이나 시인 친구와 이야기를 나누거나 하는 매일. 다카다의 노래 「커피 블루스」의 가사에는 '산조사카이초의 이노다'가 등장한다. 데라마치 교고쿠에는 다카다의 처남이 운영하는 라이브 찻집 무이むい가 있었다.

오사무는 당시 간사이에서 성행하던 포크 캠프[11]에 출입하는 동안 다카다와도 알게 되었다고 한다.

"확실히 처음 포크 캠프를 간 게 중학교 때였지. 로코산이었던가, 다카다 씨와는 거기서 처음 인사를 했어. 내가 열다섯 살 정도였고 다카다 씨는 열여덟 살이었지. 도요다 유조 씨나 엔도 겐지 씨도 있었어. 당시에는 내가 만든 노래가 없어서 포크 캠프에서는 노래를 부르지 않았지만. 다카다 씨는 도쿄의 집을 나와 교토에서 혼자 생활을 시작한 참이었어. 히가시야마산조에 맥콜즈マッコールズ라는 찻집이 있었는데, 다카다 씨는 거기서 처음으로 블루스 가수 미시시피 존 하트를 들었다든가 하는 그런 이야기를 했었지."

그뒤로도 다카다와는 로쿠요샤에서 우연찮게 딱 마주쳤고, 그대로 함께 레코드 가게에 가는 일도 잦았다. 훗날의 오사무에게 지대한 영향을 주는 인물들과의 접점은 역시 음악과 찻집이었다.

애매한 상태로 1년 정도 고등학교를 다니고 있던 오사무는 어느 날 결심을 굳혀 아버지에게 자신의 생각을 전했다.

"고등학교를 그만두고 도쿄에 가고 싶어요."

미노루의 대답은 어느 정도 예상한 대로였다.

"그래……. 뭐, 네 마음 가는 대로 해라. 다만 다시는 우리 집 문턱 넘을 생각은 하지 말고."

말은 냉엄했지만 그 이상 힐난하는 기미는 없어 보였다. 한 번 학교를 중퇴하고, 이번에도 성실하게 학교에 다니지 않는다는 것은 부모님도 이미 알고 있었다. 뭘 새삼스럽게, 하고 야에코도 특별히 책망하는 기색은 없었다. 마침 그 무렵은 차남 하지메가 로쿠요샤의 일을 돕기 시작한 때로, 아직 어린 오사무에게는 어느 정도 자유를 줘도 되겠다고 부모님은 생각하고 있었던 것 같다.

"넌 셋째고, 기대도 뭣도 없다."

오사무는 편입한 히요시가오카고등학교를 중퇴하고 다시금 도쿄로 향했다.

두번째 상경

신주쿠에서는 자신처럼 머리를 길게 기른 젊은이가 기타를 들고, 포크송을 열창하며 반전을 호소하고 있었다. 이른바 '포크 게릴라'였다. 1969년에는 신주쿠역 서쪽 출구 지하 광장에 약 1만 명이 모였는데, 기동대가 출동했을 정도다. 조금 허둥대며 주위를 둘러보니 시너를 피우는 사람도 있었다. 숨이 콱콱 막힐 듯한 열기, 교토에서는 본 적 없는 수의 군중. 앞으로 이 거리에서 무슨 일이 일어날까. 형언할 수 없는 고양감이 온몸을 감쌌다.

"엄청나네. 생각했던 것 이상이야."

지인으로부터 일용직 관리감독을 소개받아 고고다방과 카바레 광고판을 내거는 '샌드위치맨' 일자리를 얻을 수 있었다. 당시에는 신분증이 없는 미성년자라도 쉽게 고용해 줬다.

처음 2~3개월은 앞서 도쿄를 찾았을 때 방문한 다케나카로의 사무소에 얹혀 지냈다. 이 무렵의 오사무의 모습을 다케나카가 주간지 칼럼에서 언급한 적이 있다.[12]

"그러고보니 벌써 한 달 가까이 매일 얼굴을 보이는 청년이 있는데 선생님은 그와 제대로 이야기를 하고 있지는 않다. 염려될 정도로 말이 없는 남자인데 밤에는 샌드위치맨을 하는 것 같다. 낮에 와서 자고 나가는데, 그는 그 나름대로 자립의 의지를 관철하려는 것이라고 생각한다."

간판을 짊어지고 신주쿠의 노상에 서는 날들. 저녁 다섯 시부터 밤까지 오로지 거리에 선다. 네온이 반짝이고 별의 수만큼의 사람들이 지나간다. 잠들지 않는 거리다.

"이런 거리가 정말로 있구나."

교토와는 도시의 크기 자체가 비교되지 않았다. 스쳐지나가는 사람들은 간판 글씨는 봐도 그걸 들고 있는 자신에게는 관심을 기울이지 않았다. 적당한 감상과, 바람에 실려 떠도는 자유에 젖어들며 늦은 밤 길 위에 서는 날이 계속됐다.

신주쿠의 노상에는 몇 명의 '동료'가 있었다. 그중 한 샌드위치맨 남자와 말을 나누게 됐다.

"조금만 더 하다가 홋카이도로 돌아가서 택시 운전이라도 해볼까?"

목눌하고 세상사 구애받는 게 없어 보이는 그에게는 어딘가 '후텐'다운 분위기가 있었다. 몇 살 위의 그 남자와 묘하게 통하는 게 있어서 오사무는 그 남자와 세 평 남짓한 아파트를 빌려 공동생활을 시작했다. 이불은 다케나카 사무소의 도움을 받았다.

일이 없는 낮에는 교토에서 가져온 기타로 노래를 만들

고, 지치면 찻집에서 혼자 책을 읽으며 멍하니 시간을 보냈다. 시부야에 있던 재즈 카페 블랙호크에서는 낮 두 시간 동안 록음악만 틀어놓는 시간대가 있어서 오사무는 자주 그곳을 드나들며 미지의 음악을 즐겼다.

당시 로쿠요샤와 쌍벽을 이루며 젊은이들이 거점으로 삼고 있던 신주쿠의 후게쓰도에도 가곤 했다. 아직 무명이었던 비트 다케시나 극작가 가라 주로, 예술가 오카모토 다로, 작가 데라야마 슈지 등, 당시의 서브컬처를 담당하던 인물들이 모여 예술론을 두고 논쟁을 벌였다는, 지금은 전설로 전해지는 유명 찻집이다. 천장이 높은 가게 안에는 머리가 긴 젊은이들이 모여 앉아 담배 연기 속에서 조용히 독서를 하고 있었다. 확실히 손님층은 로쿠요샤와 크게 다르지 않은데도 분위기는 조금 달라 보였다.

'이노다커피를 좀 지저분하게 만든 느낌이랄까. 하지만 굉장히 멋있어.'

당시는 커피숍에서 커피를 마시고 멍하니 있는 것 자체가 하나의 오락이었다. 그즈음 오사무는 도쿄에서 다양한 찻집에 가보면서 무의식적으로 가게마다의 개성을 몸소 체험하고 느꼈다.

어느 날 밤, 언제나처럼 간판을 들고 서 있는데 한 중년 남자가 길을 물어왔다.

"젊은 양반, 내가 여기에 좀 가고 싶은데 어딘지 아나?"

오랜만에 듣는 간사이 사투리. 고향 생각이 났다. 오사무도 간사이 사투리로 답했다. 도쿄에서 뜻밖에 만난 간사이 사람에게 상대방도 친근감을 느낀 것 같다.

"로쿠요샤라는 찻집의 아들이에요."

이야기를 나누던 중 무심코 출신을 말하자, 남자는 자신이 그 가게의 단골이라고 말했다. 이 넓은 도쿄에서 설마 본가의 손님을 만날 줄이야. 세상 참 좁다는 생각이 듦과 동시에 오래된 도시의 중심에서 가업을 잇는다는 것의 무게를 접한 기분이 들었다. 문득 교토에 있는 부모님의 얼굴이 떠올랐다.

공동생활을 하는 아파트는 이치가야에 있었다. 1970년 11월 25일. 옆방의 라디오에서 미시마 유키오가 바로 근처 이치가야 주둔지에서 할복자살을 했다는 뉴스가 들렸다.

다음해 여름에는 기후현에서 개최된 포크의 제전 〈나카쓰가와 잼버리〉를 찾았다. 시대의 격렬한 공기를 마음껏 들이마시면서도 오사무는 빈둥빈둥 내키는 대로 생활했다.

이 무렵 얼떨결에 오사무는 음반 데뷔를 했다.

곤도아웃키 멤버인 다카하라 히로시가 만화가 이치조 유

카리와 관계가 있어, 스튜디오 녹음곡 「걸어가자」가 순정 만화잡지 『리본りぼん』의 부록 소노시트*[13]에 수록된 것이다. 곡이 시작되기 전 이치조는 경쾌하게 말문을 연다.

"나는 말이야, 실은 노래를 부르려고 했어. 하지만 말이야, 편집부 직원이 감기에도 걸렸고, 그것만은 그만두라는 거야, 쿠궁! 그 대신 교토에 있는 유카의 남자친구, 곤도아웃키라는 멋진 포크 그룹을 소개할게!"

그런 타이밍에 다카하라에게서 "교토로 돌아가 찻집 마스터를 해보지 않겠느냐"는 권유를 받았다.

"좋아하는 음악을 원하는 만큼 틀 수 있어."

그 조건은 상당히 매력적이었다.

첫 마스터

오사무는 2년 만에 고향으로 돌아왔다. 록 다방 '이름 없는 찻집名前のない喫茶店', 통칭 '이름 없음名なし'은 1971년 로쿠요샤에서 그리 멀지 않은 사카이마치도리 니시키코지에 문을 열었다. 밴드 동료인 다카하라가 주인, 오사무는 '고용된 마

* sonosheet, 얇은 비닐이나 플라스틱으로 만든 간단한 레코드.

스터'였다.

오사무는 그때까지 커피를 내려본 적이 없었다. 문을 열 무렵, 아버지 미노루에게 부탁해 한동안 로쿠요샤에서 커피 실습을 했다. 일층점에서 설거지를 하면서 옆에서 커피를 내리는 아버지의 모습을 어깨너머로 보며 순서를 익히고 배웠다. 고등학교를 그만둘 때 '두 번 다시 집 문턱을 넘을 생각 말라'며 화를 냈던 미노루도 오사무가 도쿄에서 생활하는 중에 부모에게 금전적으로 도움을 요청한 적이 없어서인지 굳이 과거를 탓하지 않고 오사무에게 전폭적으로 협조해줬다.

최종적으로 미노루는 이름 없는 찻집의 보증인을 맡았고, 게다가 로쿠요샤에서 사용하고 있는 오가와커피의 원두를 가게에서 사용할 수 있도록 융통해주었다. 개점일에는 오사무가 내리는 커피를 마시러 일부러 가게까지 서둘러 왔다. 이른바 '로쿠요샤가 양성한' 오사무의 커피는 손님들에게도 호평을 받았다. 당시 록 다방에서는 맛을 고집하는 커피를 내놓는 곳이 없었다. 가게의 대은인이 된 미노루는 오사무에게도 지금까지와는 조금 다른 의미의 존재가 되어갔다.

꿈을 이루기 위해

이름 없는 찻집에는 교토 전역에서 음악광들이 모여들었다. 커피와 음악, 그리고 친구의 웃음소리에 둘러싸여 보내는 행복한 나날들이었다. 기타를 가지고 자작곡을 노래하고, 교토대학교의 서부 강당에서 세션을 하기도 했다. 만남이 또다른 만남을 부르면서 오사무는 음반 제작의 기회를 잡았다. 2002년의 인터뷰[14]에서 오사무는 당시를 이렇게 회고했다.

"'무라하치부'라든가 '하다카노 라리즈'* 등, 주변에 좀 별난 사람들이 꿈실거리고 있었어. 교토는 좁으니까 그런대로 안면이 있었지. 그중에서 하라다 쇼케이라는 키보드 치는 사람과 친구가 됐어. 그러다 그가 스튜디오를 갖고 있는데 한번 놀러 오라는 말에 찾아간 게 계기가 된 거지."

하라다는 서예가로 유명한 하라다 간포의 장남으로, 아버지 간포의 서도를 따르면서 뮤지션으로도 활동했다. 아울러 인디레이블 HIMICO 레코드를 운영하고 있었다(2014년 문을 닫음).

"빌딩 내 방 하나를 빌려서 '고대녹지'라는 이름을 걸었

* 村八分, 裸のラリーズ, 모두 일본의 록밴드이다.

이름 없는 찻집은 사카마치 니시키아가루,
다마야커피점 건너편 이층에 있었다.
문에 '카페'라는 명패만 있을 뿐 정말로 이름이 없었다.
그래서 편의상 '이름 없는 찻집'이라는 이름이 되었다고 한다.

지. 거기에 기타를 가지고 가서 연주했더니, 하라다는 내가 꽤 마음에 들었던 것 같아. 뭔가 함께할 수 있을 것 같은 분위기가 만들어졌는데, '녹음해볼까요?'라고 하더군."

1972년, 전체 여덟 곡으로 이루어진 자체 제작 앨범 『오쿠노 오사무』를 200매 한정으로 판매했다. 메시지성이 강한 포크송이 주류를 이루던 때에 오사무의 곡과 가사는 패기가 없었다. 「배고픈 노래」 「해질녘 노래」 「네가 가버리는 노래」……. 그럼에도 오사무의 첫 앨범은 눈 깜짝할 사이에 매진을 기록하며 뜻밖의 전개를 불렀다.

"보컬 좀 해줘."

음반을 들은 음악 관계자가 밴드 가입을 요청한 것이다. 도쿄에서 활동하는 견실한 삼인조 록밴드 '슈퍼 휴먼 크루'였다. 처음 듣는 밴드명이었지만, 곡을 들으니 나쁘지 않았다. 그렇게 오사무는 다시 도쿄에서 음악활동을 할 기회를 얻었다.

이름 없는 찻집의 다카하라에게 결심을 전하자 음악가로 새 출발하는 친구와의 이별을 축하해주었다. 이름 없는 찻집은 이후 역대 마스터들이 이어가며 1984년까지 영업을 계속했다.

1973년에 오사무는 다시 도쿄로 가 밴드의 세 멤버와 한

집에서 공동생활을 시작했다. 그 집은 초고급 주택가로 알려진 덴엔초후에 있었고, 나가시마 시게오의 자택이 바로 근처에 있었다. 사장의 아들인 다른 밴드 멤버가 그림 그리는 작업실로 쓰던 집에 방이 비어 있다며 빌려준 모양이었다.

도쿄에서의 프로 뮤지션 생활. 그것은 자극으로 가득차 있었다. 슈퍼 휴먼 크루는 기치조지에 딱 1년 동안 존재했던 전설적 라이브하우스 OZ 등에서 연주했다. 야자와 에이키치의 '캐롤'이나 가토 가즈히코가 결성한 '새디스틱 미카 밴드'가 연주하기 전 오프닝 무대에 오르기도 했고, 투어로 동북지방의 라이브하우스를 돌기도 했다.

1년 정도 그런 생활이 계속됐다. 밴드의 보컬리스트로 사람들 앞에 서는 것은 기분 좋은 경험이었다. 그럼에도 어딘가 채워지지 않는 기분이 서서히 다가왔다. 프로라고 하지만 실제로는 음악만으로 먹고살 수 없어서 항만 노동 아르바이트로 하루 벌어 하루 사는 현실이었다. 뜻대로 되지 않는 것도 많았고, 급속도로 팽창하는 음악업계나 교토에 비해 인심 사나운 도쿄의 공기에도 조금 지쳤다. 오사무는 밴드에서 빠질 결심을 했고, 머지않아 밴드는 해산했다.

밴드 '문라이더스'의 전신이자 1970년대 일본 록음악 역사에 이름을 남긴 '하치미쓰파이'의 기타리스트 혼다 신스

케와 교토 시절부터 친분이 두터웠던 오사무는 밴드를 떠난 뒤 한 달 정도 그의 아파트에 얹혀 지냈다. 혼다와도 밴드를 구성해 라이브 활동을 하면서 「미스터 소울」이라는 곡을 함께 만들었다. 그 곡은 훗날 발매된 『THE FINAL TAPES 하치미쓰파이 LIVE BOX 1972~74』에 수록되어 오사무가 라이브로 부르기도 했다.

일본 록의 여명기가 한창이던 그때, 서구의 록을 우러러보기만 하는 음악신에서 한발 벗어나 자신들의, 일본인으로서의 음악을 창조해내려는 물결 속에, 오사무는 분명히 있었다.

새로운 곳으로

고교 시절 함께 도쿄에 갔던 친구 구로카와는 오사무와 마찬가지로 고등학교 중퇴 후 다케나카 로의 사무소에 얹혀 살다가 오카야마에 간 뒤 여권을 들고 본토 복귀 직전의 오키나와로 건너갔다.

"동경의 나하항에 도착한 것은 밤 여덟시가 넘어서였다. 묵을 곳을 정하지도 않고 간 그 밤, 숙소는 어슬렁어슬렁 걷는 동안 발견한 파상의 여관. 다음날에는 지인의 소개로 신원 인수인을 부탁한 후쿠하라 쓰네오 선생을 찾아 그 길로 코자(현재의 오키나와시)로 향했다."[15]

구로카와가 오키나와를 방문한 1970년으로부터 약 1년을 거슬러 올라가, 다케나카는 처음으로 오키나와를 방문해 역시 코자의 작곡가인 후쿠하라의 집에서 시마우타*를 들었다. 이후 이곳저곳에서 시마우타와 산신**의 우수성을 설파하고, 자기 돈을 들여 음반을 제작할 정도로 완전히 빠져들었다. 구로카와는 그 활동에 동조하듯 한 배에 올라탄 것이다. 후쿠하라의 사무실에서 기거하면서 집과 일을 찾고, 자신의 음악활동을 계속한 구로카와. 최근에는 오키나와 민요의 매력을 알리는 활동으로 바쁘다고 한다. 오사무는 도시 한복판에서 문득 남국의 풍경을 떠올렸다.

오사무는 도쿄를 떠날 결심을 하고 일단 구로카와와 합류하기로 했다. 도쿄를 떠나기 전, 익숙한 블랙호크를 찾았다. 줄곧 신경이 쓰이던 한 여성 손님에게 오키나와행을 알리기 위해서였다.

"이번에 도쿄를 떠나기로 했어요."

그 여성 손님은 훗날 오사무의 아내가 되는 노구치 미호

---

* 島唄, 오키나와 지방의 민요.
** 三線, 오키나와의 현악기.

코였다.

사가현 이마리시에서 4남매 중 막내로 자랐고, 고등학교 졸업 후 집단 취직으로 상경한 미호코는 문화인이 모인 롯폰기 퍼브카디널 외 여러 곳에서 일하며 종종 블랙호크에 놀러 가기도 했다. 오사무는 그곳에서 만난 쇼트커트에 동안의 미호코에게 한눈에 반했다. 반면 미호코는 긴 머리에, 겨울에도 맨발에 캔버스화를 신은 모습의 오사무를 '어딘가 별난 사람'이라고 생각하며 경계했다. 하지만 그후에도 몇 번인가 가게에서 마주치면서 한두 마디 이야기를 나눌 정도의 사이가 되었다. 그날 오사무는 작별의 말과 함께 1집 앨범 『오쿠노 오사무』 음반을 전했다.

'가망이 없더라도 조금이나마 연결고리를 갖자.'

오사무에게는 그런 목적이 있었다.

당시 뮤지션 남자친구가 있었던 미호코는 오사무를 특별히 의식하지도 않았기 때문에 가벼운 마음으로 받아들였다.

"마지막 기념으로 준 거지?"

나중에 그 레코드를 들었다.

'뭔가 확 꽂히는 게 없네.'

당시의 미호코에게는 오사무도 『오쿠노 오사무』도 그런 인상이었다.

긴 머리에, 겨울에도 맨발에
캔버스화를 신고 다니는 오사무를
'어딘가 별난 사람'이라고
생각하며 경계했다.

그날은 오사무에게서 작별 인사와
『오쿠노 오사무』 LP를 전해받았다.
'뭔가 확 꽂히는 게 없네.'
당시의 미호코에게는 오사무도
『오쿠노 오사무』도 그런 인상이었다.

도쿄 생활의 짐을 꾸린 오사무는 단신으로 반환된 지 얼마 되지 않은 오키나와의 나하로 향했다. 구로카와의 친구 집에서 다시금 얹혀 지내면서, 낮에는 토목 작업 아르바이트를, 일이 끝난 후에는 어김없이 바다 위에 차린 술집의 갑판으로 향해 한 손에 맥주를 들고 주크박스로 음악을 들으며 지냈다. 파도소리와 록. 마치 천국 같았다.

"이대로 쭉 한가롭게 있고 싶다."

오키나와에서 3개월 정도 생활하는 동안 피폐해진 마음은 완전히 평온을 되찾았다. 어느 날 오사무는 가데카루 린쇼의 무대를 보았다. 다케나카가 '시마우타의 신'이라고 칭하며, 대대적으로 전국 미디어에도 소개한 '풍광風狂의 가수'라고 평가받는 가데카루. 일상의 연장처럼 편안하게 즉흥적으로 노래하는 표현자를 앞에 두고 일상이, 노래가 그리워졌다.

"이제 슬슬 돌아갈까."

오키나와에서는 일을 해도 임금을 제대로 받지 못하는 경우가 왕왕 있어서 서서히 돈도 떨어져가고 있었다. 무엇보다 맛있는 커피를 마실 찻집을 찾을 수가 없었다. 오키나와 요리에도 싫증이 났다. 자신의 방랑도 슬슬 마칠 때라며 구로카와에게 작별을 고하고 오사무는 고베항으로 가는 페리를 탔다.

고베항에 도착하자마자, 노포 찻집 고베 니시무라 커피점 나카야마테 본점으로 뛰어들어갔다. 오랜만에 커피다운 커피를 마시고 오사무는 겨우 한숨 돌린 기분이 들었다. 자신도 모르는 사이 맛있는 커피를 찾아 헤매는 것은 찻집 아들로 태어난 성정인지도 모르겠다고 생각했다.

찻집에 이끌려

고향으로 돌아온 오사무는 교토 시내에 아파트를 빌려, 구매자에게 자동차를 납품하기 전 새 차를 닦는 아르바이트를 시작한다. 새로운 생활이 안정되어가자 오사무는 히가시야마산조에 문을 연 재즈 카페 카르코'20(이하 카르코)에 드나들었다.

카르코는 1970년에 문을 연 가게로, 당시의 재즈 카페로서는 보기 드물게 유리로 외관을 장식해 가게 안은 바깥에서 빛이 상쾌하게 쏟아졌다. 그러면서도 차분한 재즈가 듣기 좋은 음량으로 흘러나왔고, 또 그곳의 명물로 불리는 사장, 와타베 아야는 굉장한 미인이었다. 카르코의 탄생은 교토에서 센세이션을 불러와 열심히 드나드는 손님이 줄을 이었다. '카르코의 여왕' 와타베는 손님에게는 동경의 존재로, 만화가 히사우치 미치오나 뮤지션 치치 마쓰무라, 나카가와 고로 등 젊은 아티스트들도 발길을 옮겼다고 한다. 물론 오사무도 그런 무리 중 하나였다. 당시, 시간을 주체하지 못하던 오사무는 한가롭게 가게에서 폐점 시간까지 시간을 보내는 때도 많았다. 카르코는 1979년에 문을 닫았지만 오사무에게는 가장 좋아하는 찻집 중 한 곳으로 마음에 새겨졌다.

찻집은 그때까지도 오사무에게 인생을 좌우하는 귀중한 만남이 이루어지는 장소였는데, 그 카르코에서도 운명적인 만남이 있었다. 어느 봄날, 여느 때처럼 카르코를 찾은 오사무는 낯익은 손님의 모습을 발견했다. 시부야 블랙호크의 단골이었던 노구치 미호코였다. 이전, 음반 『오쿠노 오사무』를 선물한 지 1년 정도 지났을까. 당시 미호코는 도쿄의 영화관 '테아트르 긴자'에서 입장권 회수 직원으로 일했는데 사가현의 본가에 돌아가던 중 훌쩍 교토에 들렀다고 했다. 오사무는 설레는 마음을 꾹 참고 말을 걸었다.

"오랜만이에요, 어쩐 일이에요?"

"교토를 좋아해서 이따금씩 찾아와요. 여기 소문난 찻집이기도 하고."

마치 영화 같은 극적인 재회였다. 은근히 물어보니 남자친구와의 관계가 잘 되지 않는 모양이었다. 오사무 쪽은 긴 머리를 잘랐고, 의뭉스러운 분위기도 다소 사라진 모습이었다. 미호코는 오래된 찻집을 좋아해 고베의 니시무라 커피점에서 반년 정도 더부살이로 일한 적이 있을 정도였다. 잡지에서 알게 된 로쿠요샤를 방문한 적도 있다고 했다. 오사무가 로쿠요샤의 아들이라는 얘기는 도쿄의 지인으로부터 들었다.

"본가가 찻집이라니 좀 부럽네요."

미호코가 가게를 나서는 모습을 그저 눈으로 쫓고 있던 오사무에게 카르코의 사장 와타베가 기회를 놓치지 않고 곧바로 소리쳤다.

"너 지금 안 쫓아가고 뭐 해?"

황급히 미호코의 뒤를 쫓아 나온 오사무. 연락처를 물은 후 두 사람은 교토와 도쿄라는 먼 거리에서 편지 왕래를 시작했고, 마침내 교제로 발전했다.

부모님의 가게에 서다

오사무는 아르바이트를 하면서 거리를 돌아다니며 음악에 힘쓰는 나날을 보냈다. 부모님과 하지메가 이끌어가고 있는 로쿠요샤에도 이따금 들러 커피를 마셨다. 어느 날 아버

어느 봄날, 여느 때처럼 카르코를 찾은
오사무는 낯익은 손님의 모습을 발견했다.
시부야 블랙호크의 단골손님이었던
노구치 미호코였다.
사가현의 본가에 돌아가던 중
훌쩍 교토에 들렀다고 한다.

카르코'20은 미야코호텔 안에 있었습니다.
전쟁 전 재즈가 흘렀고, 창문 너머로는
노면전차가 달리는 모습이 보였습니다.

지가 말했다.

"할 일 없이 빈둥댈 거면 가게 일이라도 돕는 게 어떠냐?"

당시 로쿠요샤는 이미 일층 찻집을 부모님과 차남 하지메가, 지하 술집을 장남 다카시가 맡고 있었으므로 셋째인 자신이 가업을 잇겠다는 생각은 전혀 없었다.

"언젠가 네 가게를 해볼 생각이라면, 본가 가게에서 경험을 쌓는 것도 나쁘지 않을 게다."

오사무는 세차 아르바이트를 그만두고, 일층 찻집에서 설거지를 돕게 되었다.

1년 뒤 장거리 연애를 하던 미호코와 결혼했다. 1975년 오사무 23세, 미호코 24세. 미호코는 도쿄에서의 일을 그만두고 교토로 옮겨와 오사무와 함께 살기 시작했다. 한동안 미호코는 교토대학교 옆의 노포 찻집 신신도에서 웨이트리스로 일했지만 로쿠요샤의 일손이 부족해지면서 오사무와 함께 일층점에서 일하게 됐다. 미호코는 당시의 기억을 이렇게 떠올린다.

"그 당시 단골은 상점가 상인들이나 근처에 있던 볼링장, 영화관, 서점 직원들이었고, 파칭코를 생업으로 삼은 사람도 많았어요. 단골이 앉는 자리는 대개 정해져 있었고, 저 사람은 OO신문, 설탕은 두 개 등 손님의 취향을 필사적으로 기억하려고 애썼지요. 접객은 좋아했기 때문에 일은 즐거웠습니다. 로쿠요샤는 어느 쪽이었냐면 지역 밀착형으로, 마스터는 단골손님과 인사를 하는 정도였지만, 안주인은 손님들과 말동무를 해주었습니다. 웨이트리스는 서비스를 철저히 교육받았어요. '접객은 웃는 얼굴로' '어서 오세요와 감사합니다는 큰 소리로' '물은 잔이 비기 전에 따르러 간다' 등 많은 룰이 있었습니다. '머리가 길면 반드시 뒤로 깔끔하게 묶는다' '앞치마 끈은 예쁜 리본 모양으로 묶는다' '매니큐어는 절대 금지' 등등. 무엇보다 청결이 가장 중요하다는 말을 귀가 닳도록 들었지요."

1975년 10월, 오사무는 네 곡이 수록된 두번째 앨범 『가슴 벅찬 밤』을 제작했다. 이전 『오쿠노 오사무』를 제작한 하라다 쇼케이가 새롭게 만든 HIMICO STUDIO에 놀러갔다가 '세상 돌아가는 일을 이야기하듯' 동료들과 연주한 것이다. 본가의 찻집 일을 도우며 미호코와 신혼생활을 보내고, 음악활동을 즐기면서 음반 제작도 했다. 두 번의 상경을 거쳐 교토로 돌아온 후의 오사무는 여러 가지 일과 마음을 다잡으면서 자신만의 방식과 페이스를 만들어가고 있었다.

오사무는 커피를 좋아했다. 로쿠요샤에서 설거지 등 이

런저런 일을 2년 정도 하는 사이, 이윽고 커피 내리는 일도 맡게 되었다. 갑자기 긴장이 됐다. 커피의 세계로 서서히 빨려들어갔다. 미호코는 생기 넘치던 오사무의 모습을 기억했다.

“오사무 씨, 좋아하는 커피 일을 할 수 있게 되어서 몹시 즐거워 보였지요.”

오사무는 아버지가 내리는 커피의 맛은 좋아했지만, 들여오는 원두 맛에 아쉬움을 느끼기 시작했다.

당시의 오사무와의 일화를 하지메가 회상했다.

“오사무는 형제 중에서 가장 아버지를 닮았는데, 한 가지 일에 몰두하면 끝을 봐야 하는 성격이었지. 커피 맛에 대해서도 이런 저런 고민을 하더니 교토의 다마야커피라고 하는 작은 로스팅 전문점을 찾아내고는, 함께 이렇게 저렇게 고민하고 시도하더니 한 달 이상 걸려 그때까지 사용하고 있던 원두와 다마야 원두를 블렌딩하더군. 완성된 기본 믹스블렌드가 그때부터 로쿠요샤의 맛이 됐지.”

하지만 오사무는 그것만으로는 만족할 수 없었다.

“제아무리 블렌드를 연구해도 원두를 로스팅하는 단계에서 맛의 대부분이 정해지고 말아.”

고민 끝에 그는 자가배전을 연구하기 시작했다.

1970년대 당시 커피 맛과 직결되는 로스팅 방법에 대해서는 '기업 비밀'이라며 숨기는 가게가 많았다. 맛을 연구하기 위해 오사무는 자가배전 찻집을 찾아다녔다. 로스팅의 교과서와 같은 서적이 막 출판되었을 무렵이었다. 친분이 있는 로스팅 업체에서 생두를 소량 나눠 받아, 한 손에는 책을 들고 은행을 구울 때 쓰는 망에 생두를 넣고 몇 번이고 시도했다. 얼마 지나지 않아 프로용 도구에도 흥미가 생겼다.

"고성능 커피밀을 도쿄의 갓파바시合羽橋에서 팔고 있는 모양인데, 잠깐 보러 다녀와도 될까요?"

아버지의 승낙을 얻어 오사무는 쉬는 날 시간을 쪼개 혼자 도쿄로 향했다. 커피밀은 20만엔 정도였다. 성능이 어떤지도 모르고 선뜻 살 수 있는 가격은 아니었다. 제품에 대해 점원에게 이것저것 물었다.

"이 밀이라면 카페 바흐Cafe Bach에서도 사용하고 있어요."

그 길로 점원이 알려준 찻집 카페 바흐로 향했다. 자가배전을 세상에 알린 공로자, 다구치 마모루 씨의 가게라는 사실에 대해서는 당시에는 아직 알지 못했다. 그 가게는 추억의 산야에 있었다. 묘한 인연이라 느끼며 일단 가게에 들어가 커피를 주문했다.

한 모금 마시고 깜짝 놀랐다.

"뭐야 이거, 장난 아니게 맛있잖아."

그때까지 방문한 자가배전 찻집과는 맛도, 가게 분위까지도 확연히 달랐다. 그전까지 오사무가 연구 목적으로 방문한 가게는 모두 다가가기 어려운 분위기를 풍기는 점주가 있고 융드립으로 추출한 '점주의 영혼이 깃든 한 잔'을 감사하는 마음으로 받아드는 느낌이었다. 하지만 바흐에서는 간단하게 페이퍼 드립으로 단숨에 세 잔 분량의 커피를 추출하는 정도의 캐주얼함으로 커피를 내린다. 그러면서도 정말 인상적이고 깊은 맛이 났다. 쭈뼛대며 마스터에게 말을 걸어 이곳을 찾은 목적대로 밀의 성능에 대해 묻자 싹싹하게 이것저것 가르쳐주었다.

오사무는 처음부터 느꼈던 생각을 확신으로 바꿨다.

'역시 커피 맛은 생두 선정과 로스팅으로 80퍼센트가 결정된다. 내리는 방법은 조금 더 자유롭게 해도 됐었잖아.'

그렇게 한숨 돌리고 나니 주위를 둘러볼 여유가 생겼다. 가게에서는 그야말로 그 지역에 사는 사람들이 주요 손님층이라고 생각되는, 편안한 옷차림을 한 손님들이 저마다 커피를 즐기고 있었다. 가게 분위기에도 점원에게도 기를 쓰지 않고 거리에 녹아든 느낌이 강했다.

'사람들의 일상에 능숙하게 파고들었네. 멋지다.'

대중적이고 제대로 맛있는 집. 오사무가 목표로 하는 가게의 이상형의 근원이 여기에 있었다.

가게를 나서는 길에 문득 계산대 옆에 있는 게시판을 보니 돈을 벌러 왔다가 행방불명된 사람들의 제보를 요청하는 벽보가 여러 장 있었다. 그것을 보니 고등학교 1학년 여름방학의 기억이 갑자기 떠올랐다.

'맞아. 그때도 이 동네에 오고 나서부터 뭔가 시작됐어.'

오길 잘했다. 커피와 찻집의 새로운 가능성을 찾아낸 오사무는 산야에 감사의 마음을 전했다.

로스팅 수업

그때부터 도쿄에서 사온 소량의 생두를 망에 넣고 볶으며 로스팅 연구의 나날을 보냈다. 여러 가지 맛을 확인하기 위해 자가배전 찻집을 계속 찾아다녔다. 특히 카페 바흐의 다구치로부터 로스팅을 배운 마스터가 운영한다는 나라의 야마토코리야마의 자가배전아마쿠사自家焙煎あまくさ와 오사카 이케다(지금은 도쿄 히가시야마토시로 이전)의 커피구락부珈琲俱楽部 두 곳에는 휴일마다 전차를 타고 발걸음을 향했다. 생두를 볶는 방법 등을 꼬치꼬치 물으면 그들 역시 친절하게 답해주었다. 오사무가 볶은 원두를 맛보기까지 해주었다. 각지 가게의 맛을 알고, 자신도 매일 가게에서 일하는

고등학교 1학년
여름방학에 이곳에 와서
뭔가가 시작되었다.

바흐의 계산대 옆 게시판에는
'집을 나간 후 행방불명이 되었는데
혹시 아는 분 없습니까?'라고 적힌
벽보가 있었죠. 그걸 본 순간
먼 옛 일이 생각나더군요.

생활 속에서, 오사무는 커피 맛 만들기가 음악 만들기와 비슷하다는 것을 깨달았다. 자신의 감성에 귀를 기울여, 손에 잡히는 것을 믿고 세상에 내보낸다. 점점 일에 보람을 느끼며 지금 있는 장소에서 버틸 각오도 싹트기 시작했다.

음악도 계속 이어갔다. 1981년에는 앞에서 언급한 포크 찻집에서 일하는 만돌린 연주자 후쿠시마 켄 등과 의기투합해, 밴드 '비트 민츠'를 결성해 자작 카세트테이프를 손수 팔았다. 그 무렵, 라이브 공연에서 만난 밴드 '앤트 샐리'의 기타리스트, BIKKE가 연주에 가세했을 때에는, '민트 슬리핑'이라고 밴드명을 바꾸어 활동했다.

"다양한 사람들과 세션을 했었죠, 그때는. 그건 무이라는 음악을 틀어주는 찻집이 있고, 거기에 모여드는 사람이 있었기 때문에 가능했지만. 그러고보니 뭔가를 만들 때는 항상 모이는 찻집이 있었지요."[16]

찻집에서 일한다는 삶의 바탕이 생기면서 노래가 탄생했다. 음악에도 이전과는 다른 감각과 반응이 느껴졌다.

결혼한 지 8년 후인 1983년 10월 2일. 금목서의 은은한 향기가 피어오를 무렵 큰아들이 태어났다. 미호코는 군페이라는 이름을 붙였다. 커피의 '향기'와 함께했으면 하는 바람도 담겼다. 오사무에게 이견은 없었다.

지켜야 할 가족이 생긴 오사무의 일하는 모습을, 미노루와 야에코는 계속 지켜보고 있었다.

어느 날 미노루는 오사무에게 말을 꺼냈다.

"지하 가게…… 낮에 비어 있으니까, 네가 해볼 테냐?"

1986년. 번화한 거리에서는 세련되고 도회적인 카페 바가 유행하기 시작해, 고참 찻집은 곤경을 치르고 있었다. 총무성* 통계국의 「사업소 통계 조사 보고서」에 따르면, 1981년에 전국의 찻집수는 약 15만5000곳으로 피크를 맞이했다. 교토부에는 5000개가 넘는 점포가 있었지만 이후에는 감소하는 추세였다. 로쿠요샤도 예외는 아니어서 매출은 떨어지고 있었다.

그런 탓에 미노루는 놀고 있던 낮 시간대의 지하를 활용하려고 생각한 것 같다. 군페이가 세 살이 되면서 미호코도 육아가 일단락되었을 무렵이었다. 시기는 무르익었다. 미노루는 바 영업뿐이었던 지하점을 낮에는 찻집으로 운영하고, 그 운영 일체를 오사무에게 맡긴 것이다. 부모의 가게 바로 밑이라는 조건 아래, 분점이라기보다는 간판을 나눠다는 형태에 가까웠다.

"메뉴도 서비스도 네가 하고 싶은 대로 하거라."

---

* 2001년 자치성, 우정성, 총무청이 통합한 중앙 행정기관.

오사무가 목표로 해야 할 가게의 이상형은 정해져 있었다. 평소에도 애용하는 가게이면서 제대로 된 맛을 내는 찻집. 도쿄의 바흐 같은 곳. 다음은 자기 나름의 맛을 내는 일만 남았다.

"그렇다면 자가배전으로 승부하고 싶어요."

지하점의 찻집 영업을 시작할 즈음 오사무는 아버지를 설득해 난젠지 근처의 본가 부지 안에 작은 로스팅 오두막을 지었다. 3킬로그램 용량의 새로운 로스팅 기계에 약 50만엔, 굴뚝이 달린 4평 정도의 오두막에 약 50만엔. 합계 100만엔 정도의 과감한 설비 투자였다.

개점 준비 기간은 약 한 달. 일층점에서 일을 계속하면서 빈 시간에 로스팅 오두막에 갔다. 몇 번이고 로스팅을 반복하면서 감각을 최대로 동원해 답을 찾았다. 머지않아 오사무는 두 종류의 블렌드를 완성했다. 프렌치 로스팅 원두 1종과 시티 로스팅 3종을 섞은 '하우스 블렌드'와 시티 로스팅 3종을 섞은 '마일드 블렌드'. 블렌드를 구성하는 원두는 스트레이트 커피로도 판매한다. 산지별로 프렌치 로스팅 3종, 시티 로스팅 5종, 하이 로스팅 4종으로 구성했다.

"이것만 있으면 손님 입맛에 맞출 수 있고 원두가 팔리지 않아 남을 염려도 없을 거야."

원두의 유통기한은 로스팅 후 상온에서 일주일, 냉동을 한다고 해도 1개월 한도. 그러므로 취급하는 스트레이트 원두는 블렌드에 사용하는 품종으로만 좁힌다. 그 대신 매일 볶는다. 항상 신선도가 좋은 원두를 취급하는 것이 오사무가 생각하는 '맛'에 대한 대답 중 하나였다.

개점에 맞춰 오사무는 가게 내부를 조금 단장했다. 계단 아래 벽을 도려내고 유리창을 끼웠다. 문도 유리로 만들어 어두웠던 가게 안으로 바깥 빛이 들어오도록 했다.

일층 매장에는 없는 사이드 메뉴도 만들었다. 현재도 로쿠요샤 명물로 절대적 인기를 얻고 있는 미호코의 홈메이드 도넛이다. 당시의 사정을 미호코는 다음과 같이 말했다.

"군페이의 간식으로 가끔 집에서 도넛을 만들었어요. 지하점에서 찻집을 하게 되어, 뭔가 커피와 어울리는 음식을 내고 싶다고 오사무 씨와 이런 저런 이야기를 나누다가 '그거라면 도넛이 좋겠다'고 했죠. 가게에서 판매하기로 결정하고 나서는 책에서 다양한 레시피를 연구해서 심플하고 질리지 않는 맛을 내려고 시행착오를 거듭했죠. 당시 엄마들끼리 자주 모이던 공원에 가지고 가서 시식회를 열거나 근처 이웃에게 나눠주면서 감상을 듣기도 했어요. 오사카 혼마치에 있는 히라오카 커피점의 도넛이 호평이라 먹으러 가기도 했답니다. 히라오카 커피점에서는 카운터 조리장에서 도넛을 튀기는데, 로쿠요샤 지하점은 좁기 때문에 집에서 만들어 가게로 운반하기로 했어요. 지금도 모양이 잘 안 나와서 속상해하기도 하고, 가끔은 배합을 잘못해서 손님한테 들킬까봐 벌벌 떨기도 해요.(웃음) 하나하나 모양이 달라서 만드는 것도 질리지 않고 재미있습니다."

약 1개월간, 두 사람은 그런 식으로 가능한 한 연구를 거듭해 1986년 6월, 드디어 '로쿠요샤 지하점'을 오픈했다. 평일에는 기본적으로 둘이서 가게를 맡았다. 미호코가 물을 가져다주며 주문을 받고, 오사무가 매일 로스팅한 커피를 내렸다. 부부에게는 새로운 도전이었다.

"개점 축하 선물로 친구가 자신의 집 정원에 피어 있던 수국을 가져와 카운터를 꾸며주었던 것을 어제 일처럼 기억합니다. 지금도 그렇지만 마이페이스인 오사무 씨는 매우 즐거워보였죠. 하지만 저는 잘되지 않으면 어쩌나, 책임이 막중하구나 하고 내심 심장이 두근댔죠. 그러면서도 오사무 씨라면 괜찮지 않을까 하는 생각도 있었지만요."

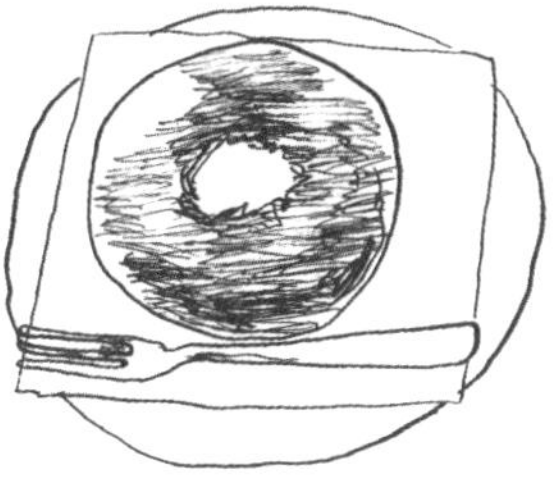

느린 출발

처음 몇 해는 손님이 전혀 오지 않는 날도 있었다. 개업 당시 오사무의 자가배전 커피는 한 잔에 250엔이었다. 일층점과 가격을 맞췄다. 미호코의 도넛은 한 개에 100엔, 하루 20여 개씩 판매를 시작했지만 남을 때도 많아서 그럴 때는 웨이트리스나 군페이의 간식이 되었다. 그 대단한 오사무도 초조해하는 기색이 없지는 않았지만 아버지 미노루는 아무 말도 하지 않았다. 가게의 매상은 전부 아버지에게 드리고, 고정급을 받기로 약속했기 때문에 가게 전체 매상과 이익에 대해서 오사무는 제대로 파악도 하지 못했다.

그런 부모님의 배려 덕분에 좀처럼 손님이 들어오지 않는 상황에서도 오사무는 마이페이스로 가게 만들기와 로스팅에 집중할 수 있었다.

"스스로 독립해 처음부터 가게를 시작했다면, 분명 이렇게는 못했겠지. 나는 정말 행운아야."

일층점은 연중무휴였지만 지하점은 기본적으로 오사무와 미호코 둘이서 관리를 하고 있었기 때문에 수요일을 정기휴일로 정했다. 그 귀중한 휴일에, 오사무는 가능한 한 많은 찻집을 찾아가 가게 운영에 대한 힌트를 계속 찾았다. 자신이라면 어떤 가게에 가고 싶을까. 거리를 거닐고 커피숍을 찾다보니 '대중적이고 제대로 된 맛집'이라는 이상적 그림은 점점 굳어져갔다.

생활과 일의 루틴도 확립되어가고 있었다. 가게는 정오 개점이지만 아침 일곱시 반에는 가게에 나갔다. 집에서 가모가와를 건너 자전거로 10분. 가게 앞에 자전거를 세우고, 가게 청소나 원두 준비를 하고, 일단 귀가해 점심을 먹고 미호코가 만든 도넛을 자전거에 싣고 다시 가게로 향했다. 저녁 다섯시 반에 바를 담당하는 형 다카시와 교대해 본가에 마련한 로스팅 오두막으로 갔다. 그날 소비한 분량의 원두, 약 3~4킬로그램을 볶았다.

알전구에 불을 밝히고 목에 스톱워치를 늘어뜨리고 로스팅기의 화력을 높인다. 온도계의 눈금을 주시하면서 200도 가까이 예열해, 적당한 타이밍에 맞춰 생두를 투입한다. 상태를 살펴가면서 시나몬 로스트부터 프렌치 로스트까지 여러 종류를 볶는다. 이것을 저녁 아홉시까지 몇 번이나 반복한다. 공기 조절기도 없이, 여름에는 문을 활짝 열어젖히고 상반신은 벗은 채로 작업한다. 물을 담은 양동이에 수건을 넣었다 빼어 물기를 꼭 짜서 땀을 닦는다. 모기와 싸우면서 하는 중노동이다.

커피를 맛있게 내리려면 몇 가지 중요한 포인트가 있다.

먼저 생두 단계에서 하자가 있는 원두를 손으로 일일이 제거하는 '핸드픽'. 시간도 걸리고 끈기도 필요하지만 맛과 직결되는 중요한 작업이다. 착실하게 손을 움직이는 것으로, 개인이 운영하는 작은 가게 나름의 맛과 경영 효율의 양립을 도모한다. 미호코는 육아와 집안일을 도맡아 하면서 매일 아침 도넛을 튀기고 개점 시간부터는 접객을 담당한다. 그야말로 먹고살기 바쁜 나날이었다. 하지만 오사무에게는 기분 좋은 충실감이 있었다.

'이것이야말로, 내가 계속 찾던 길인지도 모른다.'

어느 날 비트 민츠의 멤버로 한 편의 영화에 출연하게 되었다. 교토의 뮤지션 역으로 섭외가 들어온 것이다. 1990년 개봉한 「유산 상속」[17]이라는 영화로, 교토의 '바보 아들'이 유산 상속에 말려들어간 스토리다. 기온축제의 전야제 밤, 교토의 노포 라이브 하우스 '짓토쿠'에 출연하는 밴드 역이었다. 바보 아들 역에 노노무라 마코토, 그 친구 역은 이마다 고지와 히가시노 고지가 맡았다. 무대 위에서 일렉트릭 기타를 한 손에 들고 노래하는 오사무의 모습이 은막에 크게 비췄다. 흥이 오른 노노무라가 라이브 연주에 몸을 흔들면서, 옆자리의 젊은 여성에게 말을 건다.

"저 말이죠, 교토대학교 법학부예요."

여름에는 문을 활짝 열어젖혀, 상반신은 벗고 작업한다.
물을 담은 양동이에 수건을 넣었다 빼어
물기를 꼭 짜서 땀을 닦는다.
모기와 싸우면서 하는 중노동이다.

"대단하네. 수재잖아."

"아니 아니, 실은 교토학원대학 바보학부예요. 게다가 중퇴!"

"재미있는 사람이네, 이 사람."

거기에 이별 이야기로 틀어진 것 같은 전 여자 친구가 돌격해온다. 노노무라는 오사무와 밴드가 노래하는 무대로 도망치고 연주는 중단된다.

오사무는 예전에 아르바이트로 후지 스미코 주연의 '붉은 모란' 시리즈에 단역으로 출연한 적이 있었다. 하지만 이렇게 얼굴이 제대로 나오게 영화에 출연한 것은 처음이었다. 감독 후루하타 야스오, 촬영 기무라 다이사쿠, 주연 사쿠마 요시코라는 호화 캐스팅 치고는 경박한 내용이라고 생각되었지만, 단 하루 동안의 촬영으로, 아주 잠깐 나왔는데도 고액의 개런티를 받아 놀랐다.

세상은 바야흐로 버블 시대였다.

자기만의 방법을 관철하다

1980년대 중반부터 교토에도 커피 체인의 물결이 밀려들었다. 이전까지는 '라면 한 그릇과 같은' 300엔 안팎이 찻집

커피의 평균 가격이었는데, 그 절반에 해당하는 150엔짜리 도토루 커피ドトールコーヒー 1호점이 1980년 하라주쿠에 센세이셔널하게 생겨난 지 얼마 지나지 않아 교토에도 진출했다. 저렴한 가격에 캐주얼 노선의 가게가 지지를 받는 가운데 로쿠요샤에서는 커피 한잔에 250엔. 가격으로 개인 가게가 체인점과 경쟁하는 것은 어려운 일이었다.

찻집업계에서는 '회전율'이라는 말이 성행하고 있었다. 확실히 가게의 매출은 한정된 영업시간에 얼마나 많은 손님이 출입하느냐에 달려 있다. 이익률이 높은 업종이 아니기 때문에 음료 위주의 작은 찻집들로서는 손님이 가게에 있는 시간이 짧을수록 경영 면에서는 도움이 된다.

"행여나 손님을 재단하는 듯한 접대만은 하고 싶지 않아."

오사무에게 찻집이란 어디까지나 멍하니 자신만의 시간을 보내는 곳이자, 책을 읽고, 친구와 이야기하고, 낯선 사람과도 어울리는 장소였다.

대량생산, 대량소비의 세상에서, 가능한 한 자신이 납득할 수 있는 상품을 만들어 제공한다. 자기 실력 이상의 일을 하려고 애쓰지 않고, 가족이 먹고살 수 있는 정도만큼의 벌이면 된다. 찻집의 마스터이기 이전에 한 사람의 인간으로서 그런 삶을 살고 싶다.

“가게에서 일하는 쪽은 느긋해 보여야지.”

일부러 자가배전을 하는 목적은 맛뿐만 아니라 원두 판매로 일정한 매출을 올리기 위해서였다. 구멍가게에서 회전율에 얽매이지 않고 영업하려면, 매입가를 내리거나 상품의 다양화를 도모하는 것으로 맞서는 수밖에 없다.

원두 판매에 관해서도 섬세한 서비스로 응대했다. 많은 커피숍에서는 미리 원두를 갈아 포장한 것을 판매하지만, 오사무는 주문을 받은 후에 원두를 갈아 포장하는 것을 고집했다. 홀빈으로 주문하는 경우에도 주문을 받은 다음에 봉투에 담았다.

다른 가게보다 상품을 건네주기까지 시간이 오래 걸려 ‘시간이 없으니 됐다’며 떠나버리는 손님을 멀뚱히 놓치는 때도 있었다. 그래도 오사무는 서비스를 바꾸지 않았다. 그것은 유통기한이 가까운 원두, 즉 팔다 남은 원두를 판매하는 일이 없게끔 스스로에게 부과하는 다짐 같은 것이었다.

“커피는 홀빈으로 사서 마시기 직전에 갈아야 맛있습니다.”

쓸데없는 참견인가 싶으면서도, 갈아놓은 원두를 찾는 손님에게는 반드시 그렇게 권했다. 그런 당연한 것을 커피 업계가 제대로 전하지 않았던 것은 아닐까. 과거 자신이 카페 바흐나 자가배전아마쿠사, 커피구락부에서 정중하게 대우를 받았듯이 커피에 대해 질문하는 손님에게는 가능한 한 진지하게 설명을 했다.

질문을 한 손님 중에, 지금은 오오야 커피 배전소オオヤコーヒ焙煎所와 FACTORY KAFE 공단, CAFE GEWA 등을 운영하고 있으며 전국에서 열정적으로 커피 강의도 하는 오오야 미노루가 있다.

로쿠요샤 지하점에서 커피 맛에 눈을 떴다고 말하는 오오야는 교토에서 나고 자라, 어릴 때부터 거리의 찻집에서 '조금 산미가 있는' 커피 맛에 익숙했다. 로쿠요샤에 드나든 지 10년, 오오야는 비로소 '선배' 오사무와 말을 주고받을 수 있었다고 말한다.

"커피 로스팅 일을 한다는 사실을 밝히자 원두부터 볶는 법의 노하우까지 숨김없이 알려주셨어요. 마침내 오사무 씨의 로스팅 오두막까지 데려가주시고, 메모도 사진도 전부 허락해주셨어요. 오사무 씨는 음악적으로도 세련됐고, 존재 자체가 굉장히 멋있는 분이죠. 도회파라고 하면 혼날지도 모르지만, 하나부터 열까지, 어쨌든 세련됐어요."[18]

이처럼 오오야는 인터뷰나 자신의 책에서, 자주 오사무의 행동이나 존재감에 대해 말해왔다. 커피라는 것은, 맛이라는 것은, 혀로만 말할 수 있는 게 아니다. 서비스의 바람

직한 자세, 가게 본연의 자세에 대해서도 지하점에서 배운 것이 많았다.

“젊었을 때였는데, 오사무 씨 가게에서의 언행이 인상적이었어요. 막무가내 손님이 왔을 때 ‘지금 자리가 꽉 찼습니다’라고 거절했더니 ‘여기 비어 있잖아’ 하고 물고 늘어졌어요. 그때 오사무 씨가 말하기를 ‘그건 제가 정합니다’라는 거예요. 그것은 악의적으로 거절한 게 아니라, 그 사람이 지금 여기에 앉는다 해도 아마 들어왔을 때의 분위기라면 분명 기다리게 된 게 짜증이 날 것이고, 새로운 주문을 받음으로써 기다리고 있는 다른 손님에게 제공하는 것들이 상당히 늦어지게 된다는 거죠. (중략) 그 말을 듣고 ‘그렇구나!’라고 생각했어요. 이 사람 아마 야쿠자에게도 똑같이 말할 거라고 생각했죠.”[19]

"찻집에 있을 때만큼은 느긋하게 시간을 보냈으면 좋겠다. 일견 비효율적으로 보이는 대처가, 긴 안목으로 보아 가게의 미래로 연결될 것이다."

수고를 아끼지 않고 아늑함과 맛을 담보하는 노력을 계속한 지하점은, 커피를 좋아하는 젊은이를 중심으로 서서히 팬을 확보해갔다. 평일은 하루 약 50여 명, 주말에는 100여 명. 미호코의 수제 도넛도 가게의 간판 메뉴로 성장해 평일 하루 50개, 주말에는 100개를 내놓게 되었다. 그럼에도 오후에는 매진되는 날도 있을 정도였다.

"도넛을 먹을 생각으로 오신 손님들께는 죄송하죠."

미호코의 그런 생각에서 파운드케이크와 롤케이크도 집에서 구워 가게에서 판매하게 되었다.

이 무렵 야에코가 남긴 메모지에는 이렇게 적혀 있다.

"1992년. 여종업원 스무 명. 카페, 불황 모르고 호조 추이. 둘째가 일층을 담당. 셋째가 로스팅. 아버지를 닮은 열성. 영업시간은 8~23시. 7시 30분보다 일찍 출근해 청소 및 다른 개점 준비를 한다. 일손이 모자랄 때는 물론 나도 가게로 나간다."

아들 셋과 그 가족, 웨이트리스들이 똘똘 뭉쳐 새로운 특색을 띠며 로쿠요샤를 운영하는 데 대한 기쁨이 행간에 묻어난다.

'딱 좋은' 맛과 가게

30대도 후반에 접어든 무렵, 오사무는 일본 술에 빠졌다. 그때까지 술은 거의 마시지 않고, 마셔도 싸구려 술만 마시다가 결국 토하곤 했다.

술이 몸에 맞지 않는다고 여겼지만, 지인이 알려준 교토대학교 근처의 마호로바まほろば라고 하는 선술집에서, 적정 온도에서 제대로 관리한 준마이슈*의 맛을 알았다. 1987년에 개점한 마호로바는 점주 와다 야스히코가 친구와 함께 시작한 곳이다. 무농약 채소와 천연 재료를 고집해서 만든 요리는 사무칠 정도로 맛있고 쌌다. 술뿐만 아니라, 음악이나 미술에 대한 조예도 깊은 와다의 인품도 한몫해 문화인이나 뮤지션, 음식 관계자 등으로 가게는 항상 붐볐다. 오사무는 로스팅이 끝나면 늦은 밤까지 마호로바에서 술을 마

* 純米酒, 순 쌀로만 빚은 청주.

시곤 했다. 미각뿐만 아니라, 가게에서의 다양한 만남이 시야를 넓혀주는 듯했다.

"어? 오사무 씨, 오늘 맛이 평소랑 뭔가 다른데?"

숙취로 미각이 마비된 건지, 때로는 가게의 커피에 영향을 주는 실수도 하면서, 일본 술을 만난 것을 계기로 '맛있다는 것은 무엇일까' 하고 한층 더 깊이 생각하게 되었다.

정기 휴무일인 수요일이 되면 커피숍뿐만 아니라 소문난 레스토랑을 들러보기도 했다.

"값이 비싸면 맛이 좋은 건 당연하지."

글래스 와인은 정해놓고 세 잔까지. 가능한 한 다양한 와인을 구비한 가게를 찾아갔다. 방문할 때마다 구입이 바뀌는 가게. 전채와 파스타, 와인 세 잔에 1900엔 정도하는 저렴한 입식 선술집. 거리에 즐비한 개인 운영 가게들을 방문해 점주나 이웃 손님들과 이야기를 주고받으며 찻집 마스터로서의 수완도 발휘했다.

용돈 범위 내에서 고급 가게도 찾아갔다. 미쉐린 별 세 개를 받은 셰프로 유명한 프렌치의 거장 피에르 가니에르 밑에서 수련을 하고, 도쿄의 오 바카날AUX BACCHANALES 등을 거친 신야 노부유키가 오픈한 오사카·니혼바시의 퀴이예르Cuillere, 레코딩이나 라이브로 도쿄를 방문했을 때에는 당시 평이 좋았던 코트도르Côte d'Or나 라베트라La Bettola를 방문했다. 물론 화제의 찻집과 카페도 찾아갔다.

서서히 범위를 넓혀 여러 가게를 다니는 사이, 교토보다는 오사카의, 그것도 어느 쪽인가 하면 우메다나 미나미 등의 중심부보다는 변두리 번화가에 있는 대중 선술집으로 발길을 향하게 되었다. 특히 마음에 든 곳은 1930년에 창업한 니시쿠조의 이자카야 시라유키온사카바白雪温酒場였다. 가게가 문을 여는 오후 다섯시에 가면 철공소와 항구에서 일하는 사람들이 속속 들어왔다.

"얼마 전엔 저기 돌팔이 의사한테 바가지 썼어."

"정말로?"

단골들이 웃고 가게 주인도 웃는다. 힘든 일도 여기서 웃어넘기고 내일을 위한 활력으로 바꾼다. 가게와 손님이 딱 붙어 멀어지지 않고, 뭔가 멋스럽다. 손님의 대화를 들으면서 혼자 멍하니 술잔을 기울이고 멍하니 마신다. 좋은 시간이다. 대중 주점이지만 생선회만 해도 미리 썰어놓은 것을 냉장고에서 꺼내주는 게 아니라 주문을 받은 뒤 조리사가 썰어낸다. 그것도 한 그릇에 200엔 밖에 안 한다.

오사무는 자신의 가게도 이렇게 계속하고 싶다고, 내일도 힘내자고 스스로 등을 밀어본다.

오사무의 변화

가게가 바빠지자 점점 더 밴드 연습 시간을 잡을 수 없게 됐다. 음악에 쏟을 시간이 부족하다고 느끼던 어느 날 중고 악기점에서 어쿠스틱기타 마틴 D-18을 발견했다. 고급 제조업체인 마틴은 오래된 것은 100만 엔대도 드물지 않은데 그것은 상당히 운 좋게 발견한 저렴한 물건이었다. 말은 그렇게 하지만 부담 없이 살 가격은 아니다. 오사무는 몇 번이나 가게에 가서 숙고 끝에 구입했다.

좋아하는 악기를 구해 빨리 로스팅 오두막에 가고 싶은 마음으로 들뜨는 매일. 로스팅 작업을 마치고 한숨 돌린 후 케이스에서 기타를 꺼내 자신의 곡을 치며 노래 연습을 거듭했다. 계속하는 사이, 기타와 노랫소리가 딱 맞아떨어지면서 '기분 좋은 소리'의 포인트가 파악되었다. 그 기쁨을 누군가에게 전하고 싶어 카세트덱 덴스케로 직접 녹음해 친구들에게 나눠주었다.

그것이 화제가 되어 1994년, 첫 연주 앨범 『안녕하세요, 마틴 씨』가 탄생했다. 라이너 노트[20]에는 이렇게 쓰여 있다.

"중고 악기점에서 마틴 D-18을 만났다. 아주 올드하다고 부를 만한 것은 아니고, 게다가 측판에 흠집이 있는 것으로 가격은 14만8000엔이었다. 그 가격이야말로 나를 가장 움직이게 한 이유였지만, 사기까지 몇 번이나 시험 삼아 퉁겨보고 결심을 했다.

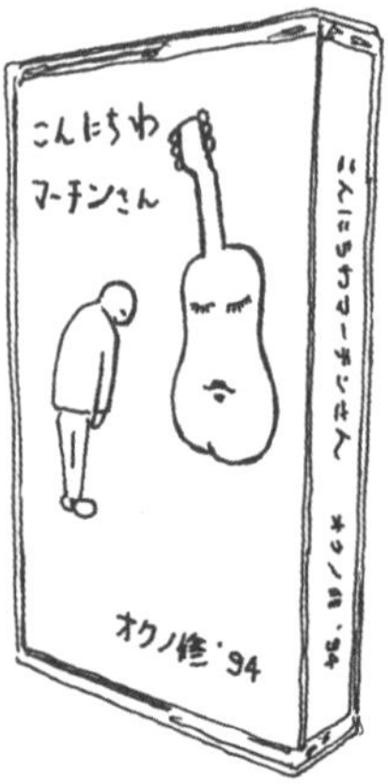

이후 로스팅 오두막에서 마틴 기타와의 나날이 시작되었다. 처음에는 손가락이 아파서 짜증이 나기도 했지만, 그것도 곧 기쁨으로 변하는 순간이 찾아왔다. 뭔가 닮은 것 같기도 하고…… 아니 그렇다기보다 매일 연주하는 사이 점점 핑거피킹으로 내 노래를 할 수 있게 되었다. 그 기쁨을 전하고 싶어서, 아직 서툰 부분도 있지만 로스팅 오두막에서 카세트덱으로 녹음해 친구들에게 나눠준 것이 이 CD의 원형인 카세트 작품 『안녕하세요, 마틴 씨』다. 참고로 「랑베르 마이유 커피점」이라는 곡의 시작 부분에서 로스팅 오두막 옆을 흐르는 강물 소리가 들리는 게 좀 좋다."

이 앨범을 들은 와세다대학교 문학학술원 교수이자 뮤지션인 호소마 히로미치는 오사무의 노랫소리의 변화에 대해 이렇게 말했다.[21]

"젊었을 때는 지금보다 맑은 목소리였지만, 앨범 『안녕하세요, 마틴 씨』를 들었을 때 깜짝 놀랐다. 발성 하나하나에

담긴 숨의 양이 좀 많아서.

(중략) 그러니까 성량이 큰 게 아닌데 노랫말이 또렷하게 들린다.

이른바 '조각된 소리'를 내는 방법은 오쿠노 씨가 평소 로쿠요샤에서 원두를 선별해 로스팅해서 드립을 하는 것, 커피를 내리는 것과 닮았다는 생각이 든다. 제아무리 힘든 때라도 몇 년씩 계속하는 것은 단지 신중하게 하는 것 이상의 무언가가, 어떤 수순을 거치는 것으로 채워진다고 할까, 키가 자라는 감각이 없으면 할 수 없다고 생각한다. 그것이 음악에 드러난다."

지하점을 중심으로 한 오사무의 생활은, 음악에도 새로운 경지를 가져오고 있었다.

거품이 꺼지다

"한동안 놀아도 되겠어."

아버지 미노루가 어느 날 오사무에게 그런 말을 꺼냈다.

아무래도 로쿠요샤가 세 들어 있는 독채를 빌딩으로 개축할 계획이 있는 듯했다. 전쟁 전부터 있는 지금의 독채를 부수고 다시 새 빌딩에 입주하기까지 약 1년간 보상이 나오는 조건이었다. 미노루는 조금 들뜬 모습이다.

"그런 게 가능하겠어요?"

반신반의하면서도 그게 사실이라면 나쁘지 않다. '뭐, 아버지가 알아서 잘 하시겠지' 하고 맡겨둔 사이, 버블이 꺼져버렸고 계획도 흐지부지되었다. 아무리 생각해봐도 버블 시대다운 이야기지만, 로쿠요샤가 있는 가와라마치도리 주변은 확실히 변모하고 있었다. 땅값이 뛰면서 빗살이 빠지듯이 개인 상점이 하나둘 사라지고, 대신 들어서는 것은 노래방이나 약국뿐이었다. 거리를 걷는 이들의 연령층도 성인에서 '아이'로 변해갔다.

2000년대에 들어서자 일층점의 매출은 서서히 줄어들었다. 버블붕괴 후의 카페 붐이 정점을 맞이함과 동시에, 시애틀에서 출발해 1996년 도쿄 긴자에 1호점을 오픈한 스타벅스커피가 1999년에 교토에도 진출, 2005년에는 교토에 열네 개 점포를 열기에 이르렀다. 같은 시애틀발 털리스커피도 2002년에 시조가라스마에서 교토 1호점을 오픈했다. 커피 한 잔에 380엔 하던 로쿠요샤에 비해 300엔 안팎의 가격으로 제법 본격적인 맛을 즐길 수 있는 외국계 체인점의 상륙은 자영업 찻집에 큰 역풍이었다. 붐에 휩쓸려 현지 체인 개점도 계속되어, 교토는 커피 격전구로 변모했다. 땅

값도 월세도 급등해, 이 시기에 폐업하는 개인 상점이 급증했다.

오사무가 맡아서 운영하는 지하점에게는 카페 붐이 순풍이었다. '카페 순례'를 하는 젊은이들은 더 맛있고 새로운 카페 체험을 찾아 교토로 왔다. 원두 구매자들도 계속 늘었다.

"네가 있는 곳은 계속, 쥐꼬리만큼 흑자구나."

어느 날, 오사무는 아버지로부터 칭찬을 받았다. 지하점과 일층점의 월세 합계는 65만 엔. 지하점의 찻집에서만 그 절반을 지불하는 매출을 올리고 있다는 얘기였다.

"앞으로 몇 년 더 할 수 있으려나?"

미노루는 가끔 나약한 말을 입 밖으로 내뱉기도 했다. 모닝세트와 원두는 팔지 않으면서 서비스의 질을 떨어뜨리기 싫다며 손님이 있든 없든 상시 직원 세 명이 가게를 지키도록 하는 스타일을 고수하는 일층은 영업이 힘겨워 보였다. 1975년 무렵까지 계속하던 부동산중개 부업으로 모은 돈으로 어떻게든 적자를 메우고 있는 듯했다.

"찻집으로 돈을 벌 생각은 없지만 이대로 괜찮으려나……."

그동안 경영은 미노루가 도맡아왔기 때문에 갑자기 참견을 하는 것도 조심스러웠다. 자신이 맡은 일은 20년 이상 일정한 매출을 확보해온 지하점을 유지하는 것이다. 매상을 늘리기 위해 원두의 판로를 넓혔다. 원두 매출은 월평균

10만 엔에 이르렀다. 전국에 있는 고객의 주소를 기록한 노트는 이미 네 권에 달했고, 주문은 가게의 대표 전화로만 접수받았다. 인터넷 판매를 하면 비약적으로 매출이 늘어나겠지만 오사무는 결단을 내리지 못했다. 여유로운 시간을 제공하는 찻집 영업이야말로 본분이라는 생각에서였다. 혼자서 할 수 있는 로스팅 양은 한계가 있고, 무리하면 필연적으로 질이 떨어진다. 본업에도 영향을 미칠 테다. 그런 점은 아버지도 같은 생각인 듯해 오사무에게 무리한 요구를 하지 않았다.

"너희들에서 끝내자꾸나."

정월에 가족이 모두 모였을 때 아버지는 아들들에게 말을 꺼냈다. 로쿠요샤는 2대째에서 끝내자고. 술에 취해 내뱉은 실없는 소리일까, 아니면 진심일까. 가족들은 누구 하나 아버지의 진의를 파악하지 못하고 있었다.

변하지 않고 변하다

그로부터 10년이 흘렀다. 예전에는 개성 있는 상점들이 경쟁하던 가와라마치였지만 그 일대에도 점점 체인점이 늘어나 전국 어디에나 있을 법한 번화가로 변해가고 있었다. 그런 와중에도 로쿠요샤는 그럭저럭 버텨나가면서 변함없이 영업을 계속하고 있었다. 2010년을 지날 무렵부터, 일본에도 새로운 커피의 조류, '제3의 물결'이 찾아왔다. 근대부터 1960년대까지 대량생산, 대량소비로 보급된 '제1의 물결', 미국 버클리와 시애틀 등지에서 널리 퍼진 프렌치 로스팅의 고품질 원두를 사용한 카페오레와 다양한 형태의 커피가 정착된 '제2의 물결'. 이후 이어진 '제3의 물결'은 원두 산지에 대한 배려에서 소재, 내리는 방법까지 각각의 공정을 꼼꼼하게 고려한 스페셜티 커피를 핸드드립으로 한 잔씩 내리는 스타일이다. 그것은 오사무가 지금까지 지하점에서 실천해온 것이어서 지하점으로서는 큰 위협이라고 생각하지 않았다. 손님층도 손님의 발길도 지하점이 궤도에 오르고 나서는 쭉 변함없이 순조로웠다. 다만 그 움직임 속에서 신선했던 것은 시나몬 로스트의 맛이 인기를 모으고 있다는 점이었다.

"별로 맛있다고는 생각하지 않는데……."

지하점에서는 지금까지 시나몬 로스트 커피는 제공하지 않았다. 쓴맛이 적고 상대적으로 깔끔한 시나몬 로스트의 맛은 오사무의 취향이 아니다. 붐을 의식해 반쯤 시험하는 기분으로 시나몬 로스트의 탄자니아를 메뉴에 추가했는데 일정한 지지를 얻었다. 지인의 커피숍에서는 시나몬 로스트를 섞은 블렌드를 주문하기도 했다. 어디까지나 큰 축은 바꾸지 않지만, 결코 변화를 무서워하지 않았다.

그건 로스팅이나 음악활동이나 마찬가지였다. 2000년 4월에, 그 첫번째 앨범 『오쿠노 오사무』가 독립 레이블 '비비드 사운드'에 의해 28년만에 CD화되었다. 일찍이 오사무가 연주한 음악은 젊은이들에게 신선한 놀라움으로 받아들여져 당시 가와라마치에 있던 CD숍 버진·메가스토어 교토점에서는 일본음악 부문 판매 순위에서 2위를 기록했다.

"원래 동료와 놀 듯이 만든 앨범으로, 도쿄와는 다른 독특한 분위기가 있던 교토 배경의 음악이다. 심플한 만큼 시간이 지나도 옛것처럼 느껴지지 않는 것인지도 모른다."[22]

이듬해에는 『가슴 벅찬 밤』 『비트 민츠 슬로 민츠』 『민트 슬리핑』 『12곡의 노래』 『안녕하세요, 마틴 씨』 등, 1970~90년대에 발표한 과거 작품들이 모두 CD화됐다. 2001년에 새 솔로 앨범 『돌아가자』, 2003년 『노래하는 사람』, 2006년 『손안의 노래 COFFEE SONGS』, 2016년 『호지킨슨 씨가 하는 말에는』 등을 발표했다. '그저 평범하게 살아가면서 떠오르는 감정'을 원점으로 가게의 정기 휴무일인 수요일에 한정한 라이브 활동은 물론, 옴니버스 작품에 참가하는 등 지금도 자기만의 속도로 활동을 계속하고 있다.

밤은 춥고 나는 딱딱하게 굳어버려
움직이지 않는다네 꼼짝하지 않아
한밤중 어둠 속 유원지처럼
까만 하늘까지 요지부동이라네
문은 닫히고 거리는 부랑자 신세
갈 곳 없다네 움직일 수 없다네
지붕 아래 드러누워
손을 뻗어보아도 닿지 않네
호지킨슨 씨가
하는 말에는
오쿠노 오사무
가슴 벅찬 밤
오쿠노

뮤지션 오쿠노 오사무의 음악을 널리 세상에 알린 공로자 중 한 사람으로, 편집자이자 음악 레이블 컴페어 노츠와 리소그래프 인쇄 스튜디오 핸드 소 프레스를 운영하는 오다 아키노부가 있다. 1967년생인 오다가 오사무를 알게 된 계기는 커피가 아니라 음악이었다.

"중학생 때, 포크 찻집 무이 주변의 음악가로서 오사무 씨를 알게 되고, 연이어 비트 민츠의 라이브를 보고 흥분했습니다. 굉장히 멋있어서, 당시부터 지금까지 계속 동경하는 형님 같은 존재입니다. 이건 저뿐만 아니라 교토에서 음악이나 가게를 하고 있는 사람에게는 공통되는 감각이라고 생각해요. 지금도 대화할 때는 조금 긴장할 정도로요(웃음). 사실 로쿠요샤 일층점은 저희 부모님도 자주 가던 곳이라서 저도 중학교 때쯤 몰래 가곤 했는데 오사무 씨와는 연이 닿지 않았었어요. 찻집 무이가 폐점하기 직전 즈음에 오사무 씨가 로쿠요샤 사람이라는 말을 듣고 지하점까지 갔던 기억이 있습니다. 처음으로 오사무 씨와 제대로 말을 섞은 것은 대학생 때였죠. 라이브 출연을 의뢰했었네요. 당시 오사무 씨는 음악활동을 자제하고 있던 때라 출연은 성사되지 않았지만, 그후에도 '교토에는 이런 대단한 사람이 있다'라고 마구 퍼뜨리고 다녔습니다. 대학을 졸업하고 음악과 편집 일을 하게 되었지만 오사무 씨 같은 음악가는 만날 수 없었죠."

오다가 취재차 뮤지션 구보타 마코토의 자택에 갔을 때, 오사무의 진귀한 첫 앨범이 놓여 있는 것을 보고 놀라 무심코 오사무의 음악에 대한 이야기를 꺼냈다. 그렇게 구보타는 오사무가 아직도 음악을 계속하고 있다는 사실을 알게 되었고, 수년 후 구보타의 노력으로 CD화가 결정되어 그때까지의 오사무의 활동이 널리 알려지는 계기가 되었다. 또, OZ디스크 주재의 다구치 후미히토와 공동으로 옴니버스 앨범을 제작할 때 오사무의 이름이 자연스럽게 입에 오르내렸다. 다구치도 '스키스키 스위치'의 사토 유키오를 통해 우연히 오사무의 라이브를 들은 적이 있어, 음악가로서의 오사무의 재평가에 가담했다. 또한 1980년대 후반에 로쿠요샤에 다녔던 '만필가' 야스다 겐이치가 『리본』 부록의 소노시트에 오사무 밴드, 곤도아웃키의 곡이 수록되어 있는 것을 발굴해 OZ디스크에서 만든 『가슴 벅찬 밤』에 보너스 트랙으로 수록하게 된다. 그리하여 오사무의 음악을 이해하는 사람들이 서서히 손을 잡아 그의 음원이 세상에 나오는 흐름이 형성되어갔다.

"그도 그럴 것이 오사무 씨는 스스로 나서서 말하는 법이 없어요. 이상할 정도로 욕심이 없는 사람이니까. 예를 들면, 가마쿠라에 있는 카페 비브멍 디망쉬Café Vivement Dimanche의

호리우치 다카시 씨가 오사무 씨의 가게나 음악을 비평한 것으로 카페 붐 흐름과 합류해 전국적으로 각광을 받은 것처럼, 오사무 씨는 변하지 않는데 주위에서 멋대로 떠들어 결과적으로 지탱하고 있는지도 모르겠어요."

2002년 이후, 그러한 오사무의 음악 작품을 다수 제작해 판매하는 오프 노트 레이블의 대표인 가미야 가즈요시도 오다 아키노부를 통해 오사무의 음악을 알게 된 경우다.

"2001년 어느 날 옛 친구인 오다 씨로부터 CD 세 장을 받았어요. 당시 오프 노트는 기악곡 중심으로 음반을 제작했는데, 새로운 전개를 원하고 또 모색하던 시기였죠. 그때 오쿠노 씨의 작품을 듣고, '이거다'라고 생각했죠. 그후 일주일간 매일 반복해서 들었는데 상당히 마음에 와닿았어요. 곡이 좋은 건 물론이고, 이 사람은 어떤 방식으로 살아왔을까 하고 갈수록 생각이 깊어져서 지하점에 전화를 했습니다. 우선 라이브 출연 의뢰를 했죠. 그 라이브는 일요일로 잡혀 있었고 '가게에 나가야 하는 날'이라는 이유로 거절당했는데, 그때부터 종종 전화를 하게 되었습니다. 음반을 제작하는 게 제 일이기 때문에 무슨 음원이라도 있으면 좋겠다고 말하자 오쿠노 씨로부터 미발표 카세트테이프가 툭 날아들었죠. 개인적으로도 '노래 쪽으로 옮겨보자'라는 생각을 펼칠 수 있었던 계기가 됐어요."

오사무와는 음악 이외의 부분에서도 공통된 무엇인가를 느낀다며 가미야는 계속 말을 이었다.

"저는 20대 때 다케나카 로 씨에게 정말 큰 신세를 진 적이 있는데, 다케나카 씨의 소개로 구로카와 슈지 씨와도 교류가 있었습니다. 오쿠노 씨와 자주 함께 연주하는 베이시스트 후나토 히로시 씨와도 옛날부터 함께 일해왔고…… 그 분들과 특별히 오쿠노 씨에 대한 이야기를 한 적은 없습니다만. 저와 오쿠노 씨만 알 수 있는 그런 것이 있다는 사실이 신기합니다. 로쿠요샤의 이름은 10대 때부터 알고 있었습니다. 다카다 와타루의 에세이에도 등장하는 교토의 유명 찻집이라고 알고 있었죠. 오쿠노 씨가 그곳의 마스터임을 알고 새삼 놀랐네요. 옛 음원을 세 장 발매한 후에 처음으로 로쿠요샤를 방문했고, 그후 여러 번 라이브를 함께하는 사이 새벽까지 술을 마시는 식으로 오쿠노 씨와는 교류가 깊어졌지요. 솔로 이외도 포함해 현재까지 열 작품을 만들었습니다. 그는 '자신은 몇 년에 한 곡 정도밖에 못 쓰고, 앨범은 10년에 한 장 만들까 말까'라고 할 만큼 슬로 페이스입니다. 가끔 곡이 나올 것 같다는 연락을 받으면 이후 제작에 들어가요. 음악을 생업으로 하지 않기 때문에 가능한 일이라고 말할 수 있겠지만, 노래가 부업이라는 건 아닙니다. 생활이 있고 노래가 있다, 그것이 오쿠노 씨의 매력이라고 생각합니다. 자신이 있을 자리가 몇 가지 있다는 사실로 음악의 신선함을 유지할 수 있는 게 아닐까요."

2007년, 오다가 시부야에서 나기식당なぎ食堂[23]을 시작하게 되었을 때, 요식업계 선배인 오사무에게 이런 말을 들었다고 한다.

"'가게는 말이야, 계속 그 자리를 지키지 않으면 안 되기 때문에 쉽지 않아'와 같은 말을 중얼거리듯이 얘기해줬어요. 그 조언을 듣고, 어쨌든 처음 3년은 계속 가게에 나가 자리를 지키자고 결심했습니다. 예를 들어, 이벤트 등으로 교토에 돌아갔을 때는 사운드 체크와 본 공연 사이 단 10분이라도 혼자 로쿠요샤에 잠깐 들러요. 오사무 씨와는 한두 마디 주고받는 정도였지만 그래도 왠지 마음이 놓이죠. 찻집이란, 엄청 맛있을 필요는 없고 딱 좋은 맛 정도면 충분하달까…… 로쿠요샤의 커피는 맛도 있지만 거기에 오사무 씨가 계시다는 점이야말로 정말 크다고 생각합니다. 저로서는 중학생 때부터 40년 가깝게 알고 있는 큰 스승인데, 이상한 무게감을 가지지 않고 평범하게 가게에 있어주는 것에 대한 고마움이 크죠. 20, 30년 단위로 예전과 다름없는 곳이 사실 몇 군데 없잖아요."

오사무에게 본업은 어디까지나 찻집 마스터다. 매일 아침부터 밤까지 가게에서 일하는 게 기본이다.

"땀 흘리며 하루하루를 살아가는 동안 절실함이 생기고 거기서 좋은 노래가 나오기 마련이다."

그런 일상에서 탄생한 노래가 2019년에는 그림책[24]으로 엮였다. 앨범 『돌아가자』에 수록된, 라이브에서도 자주 불리는 짧은 곡이다.

기타를 연주하며 편안하게 노래하는 이 곡은 무심한 아침의 풍경을 담담하게 그린다.

아침 향기가 감돌며
꿈을 꾸던 사람들이
오늘의 일을 시작할 때
날마다 날마다 또 그다음날에도
같은 향의 커피 한 잔
꿈을 꾸던 사람들에게
깊은 향의 커피 한 잔
_「랑베르 마이유 커피점」에서

15년이 지나 그림책으로 엮이기에 이른, 히로시마에 거

주하는 화가 나카반은 그 곡의 매력을 이렇게 표현한다.[25]

“커피를 직접적인 주제로 부른 노래는 의외로 적다. 그것을 간단하게 노래로 만들지 않음으로써 오쿠노 씨는 어딘가 커피의 비밀을 지키는 듯한 구석이 있다는 생각을 하게 된다. 그 와중에 「랑베르 마이유 커피점」은 오쿠노 씨의 몇 안 되는 커피 노래다. 랑베르 마이유라는, 오쿠노 씨의 마음 속 거리의 커피 향기 나는 아침 풍경을 노래하고 있다. 노래는 짧지만 굉장히 인상 깊어서 그 거리도 커피점도 어딘가에 정말로 존재하고 있을 것만 같다. 그렇게 생각하는 게 비단 나 혼자만은 아닌 듯, 오쿠노 씨를 아는 이라면 누구나 그 노래에 대해 말할 때 조금 꿈꾸듯 먼 곳을 바라보는 눈을 한다. 말로 잘 표현하기는 힘들지만 ‘그런 것’은 굉장히 좋다고 생각한다. 그리고 이 세계에는 ‘그런 것’이 조금 부족하지 않은가. (중략) 긴 인생에서 하루의 시작이 괴로운 날도 많다. 하지만 커피 한 잔의 향기에 휩싸여 있는 동안, 어느새 그 괴로움에서 구원받는 것은 아닐까. 내게는 있다. 게다가 어딘가에서 똑같이 커피를 홀짝이는 사람이 있다고 상상하면 이상하게도 호흡이 깊어지고 느긋해진다. 분명 이 노래는 그런 풍경을 노래하고 있다.”

오사무는 일상에서 한숨 돌리는 시간, 말하자면 ‘생활에

구두점을 찍는 장소'를 제공하는 일에서 서서히 기쁨을 발견했다.

"지하점은 개점 무렵부터 젊은이, 할아버지, 할머니까지 손님층이 그리 변하지 않았어요. 그런 장소를 지금 시대에도 계속할 수 있다는 게 무엇보다 기쁩니다."

고등학교 시절부터 교류가 있었던 다카다 와타루가 세상을 떠나기 직전인 2005년, 잡지 인터뷰[26]에서 로쿠요샤에 대해 이렇게 말했다.

"진정한 후원자는 35년 이상 계속 다니고 있는 교토의 로쿠요샤입니다. 일층과 지하가 있는데 분위기는 서로 전혀 다릅니다. 제가 좋아하는 곳은 지하점입니다. 옛날에는 도쿄에도 꼭 친구 몇 명은 만날 수 있는 가게가 있어서, 몇 집 돌아다니면서 커피 한 잔 시켜놓고 몇 시간이고 이야기를 나눴지요. 내게 찻집은 커피 맛이 좋은지 나쁜지가 기준이 아닙니다. 그곳에 감도는 공간이나 배어든 시간 따위를 좋아하지요. 제 추억은 이제 로쿠요샤만 남았지만 말이에요."

오사무가 긴 시간을 들여 찻집과 음악에 걸어왔던 삶이 단단한 말이 되었다.

다카다는 숨을 거두기 몇 달 전 불쑥 가게에 나타났다고 한다. 술 취한 노래꾼은 카운터에 앉아 커피 대신 위스키 록을 몇 잔 기울였다. 이윽고 그가 들고 온 일본술로 옮겨 이야기를 나누던 중에 그가 불쑥 중얼거렸다.

“아~ 노래 부르기를 정말 잘했다.”

음악업계의 상업주의와는 별개로 시류에 흔들리지 않고 허세 부리지 않고 ‘생활’을 노래해온 선배의 마지막 말은 지금도 오사무를 따뜻하게 감싸고 격려한다. 오늘도 오사무는 아침부터 밤까지 좋아하는 음악과 커피를 마주한다.

찻집이란 어디까지나 멍하니 자신만의 시간을 보내는 곳이자,
책을 읽고, 친구와 이야기하고, 낯선 사람과도 어울리는 장소다.
"가게에서 일하는 쪽은 느긋해 보여야지."

산조가와라마치도리에 면하는 로쿠요샤 외관. 오른쪽의 문이 3대째인 군페이 씨가 운영하는 일층점이다. 왼쪽의 계단을 내려가면 오쿠노가 삼남인 오사무 씨가 운영하는 지하점이 있다.

Coffe
六曜社珈琲店
営業中

초대 운영자인 오쿠노 미노루(1948년경)와 야에코(1959년경).

지하점 마스터를 맡고 있는 오쿠노 오사무.

지하점의 명물 도넛과 자가배전 커피.

일층점. 아침 8시 30분부터 주문 가능한 모닝세트도 인기다.

일층점을 3대째 운영하는 오쿠노 군페이.

100년을 향해

군페이

군페이

지하점 카운터석 가장 안쪽. 이곳이 어린 군페이의 지정석이었다. 창업자의 셋째 아들이자 지하점을 꾸려가는 오사무와 아내 미호코의 외동아들. 세로로 긴 가게 안은 의자와 벽 사이가 한 사람이 겨우 통과할 정도의 폭밖에 안 된다. 오래 앉아 있어도 손님에게 방해가 되지 않는 곳이 그곳이었다.

"뭣 좀 마실래?"

방과후 수업이 모두 끝나고 맞벌이하는 부모님의 일터에 오면 으레 '특제' 밀크커피를 마실 수 있었다. 여기서 좋아하는 그림을 그리고, 심심해지면 용돈으로 받은 100엔짜리

지하점 카운터석 가장 안쪽.
이곳이 어린 군페이의 지정석이었다.
오래 앉아 있어도 손님에게
방해가 되지 않는 곳이었다.

동전을 움켜쥐고 바로 옆 볼링장 경극 드림볼에 가서 게임을 하며 논다. 가끔 조부모가 운영하는 로쿠요샤 일층점에 들러 레몬스쿼시를 마신다. 찻집은 생활의 일부였다. 군페이는 떠들썩한 가와라마치에서 자랐다.

초등학교 3학년부터 소년 야구단에 들어가 야구에 푹 빠졌다. 주위 부모들은 열심히 응원하러 가지만 군페이의 부모는 가업이 바빠 시합이 있어도 거의 보러 오지 않았다. 연습할 때나 경기할 때 어머니는 늘 물병을 들려주었지만 야구를 전혀 모르는 어머니는 달콤한 밀크커피나 홍차를 담아주곤 했다. 다른 아이들은 물론 차나 스포츠음료를 가져왔다. 군페이는 창피해서 친구들에게 들키지 않게 마셨다.

"언젠가 고시엔*에 나가 프로야구선수가 되고 싶어."

그런 꿈을 꾸던 초등학교 5학년 여름방학, 사건이 일어났다. 학교 수영장이 개장한 후였다. 수영 팬티 끈이 풀리지 않아 군페이는 수영복 위에 옷을 입고 그대로 집으로 돌아왔다. 혼자서 어떻게든 해보려고 가위로 끈을 풀려고 했는데, 힘 조절을 잘못해 왼쪽 눈을 찌르고 말았다. 가게에 가

---

* 효고현에 위치한 야구장으로, 이 구장에서 하는 고등학교 야구대회를 흔히 '고시엔'이라고 한다.

져갈 도넛을 한창 분주하게 준비하던 미호코는 황급히 택시를 불러 교토대학교 병원으로 달렸다. 긴급수술은 성공했지만 망막박리에 시달리며 입퇴원을 반복했고 결국 1년간 학교에 다니지 못했다. 부모는 바쁜 와중에도 매일같이 병원에 들렀다. 오사무는 대개 만화를 가지고 와서 군페이가 저녁 먹는 모습을 지켜보고 돌아갔다. 미호코도 평소보다 더 다정했다. 긴 입원생활. 병원의 6인실에서 어른 환자들과 장기를 두거나 만화책을 돌려 보는 등 병실의 화기애애한 분위기에 그나마 위안을 얻었다. 어린 나이에 부모와 떨어져 어른들과 뒤섞여 생활한 경험은 군페이를 부쩍 철들게 했다. 무엇보다 다른 사람에게 감사하는 마음이 싹트고 있음을 느꼈다.

꿈과 좌절

1년의 공백과 왼쪽 눈이 불편한 핸디캡을 지고 있으면서도 군페이는 꿈을 포기하지 않고 야구를 계속했다. 현지의 공립중학교에 들어가고 나서도 야구에 푹 빠져 지냈다. 야구부에 들어가 에이스 투수로서 활약했다. 고등학교는 고시엔 출장의 단골 학교인 명문 헤이안고등학교(지금의 류코쿠

대학교 부속 헤이안고등학교)를 선택했다. 곧바로 단단한 공을 사용하는 경식야구부에 들어갔지만, 거기서 처음으로 자신의 수준을 깨닫게 된다. 부원 대부분은 스포츠 추천으로 입학한 강자였다. 군페이가 다니던 중학교 야구부는 1,2회전을 겨우 통과하는 정도였다. 달리기 등 지금까지의 연습량과 달라도 너무 달랐다. 군페이는 야구부에 들어간 지 일주일도 안 되어 그만두고 말았다.

"야구를 못 한다면 고등학교에 가는 의미 따위 없어."

자퇴할 생각까지 했지만 뜻밖에도 늘 자신에게 무관심해 보였던 아버지가 만류했다.

"고등학교 정도는 가는 게 어떠냐. 거기서 달리 또 열중할 수 있는 것을 찾으면 된다."

아버지는 고등학교 중퇴면서…… 무의식중에 속에서 대거리할 말이 올라왔지만, 부모덕에 사립고등학교에 다니고 있는 입장으로서는 멋대로 지껄일 수도 없었다.

처음으로 좌절에 직면해 번민하는 날들을 보냈다. 그러다 같은 중학교에 다니던 선배가 무른 공을 사용하는 연식야구부를 권했다. 헤이안고등학교는 연식에서도 전국대회에 나갈 만큼의 강호였지만, 경식만큼의 어려움은 없다고 했다.

결심하고 야구부를 바꾼 것이 다행이었다. 매일 연습에

매진해 가을 공식전 첫 등판에서는 노히트노런을 달성했다. 2학년으로 진급한 봄의 교토대회에서는 '등번호 10'의 에이스 격으로 출전해 결승까지 올랐다. 열띤 경기 끝에 연장전까지 갔고, 아쉽게도 밀어내기 볼넷으로 끝내기 패배를 당했다. 그럼에도 팀에서 주는 신뢰는 변하지 않았고, 고등학교 2학년 여름의 교토대회에서도 투수를 맡았다. 결승까지 올라갔지만, 여기서 악몽 같은 전개가 펼쳐졌다. 9회말, 1점차로 앞선 가운데 투 스트라이크 노 볼로 몰아넣은 뒤부터 연이어 안타를 맞았고, 주자 2,3루인 상황에서 고의로 사구를 던졌다는 판정으로 주자만루가 되었고, 결국 교체되어 내려왔다. 결과적으로 팀은 승리해 우승을 거머쥐었지만 군페이에게는 두 번의 중요한 경기에서 결과를 내지 못했다는 부채감이 짙게 깔렸다. 그후 긴키대회에서 팀은 승리를 놓쳤다.

"선배를 전국대회로 이끌지 못했어요."

이후에도 큰 경기일수록 흔들리며 한 경기를 다 던지지 못했다. 3학년으로 진급해서는 에이스 넘버 '1'을 등에 달았지만 마지막 여름 대회에서는 '등번호 10'으로 강등됐다. 그리고 졸업 때까지 염원하던 전국대회 출전은 이루지 못했다.

"하얗게 불태웠다."

그렇게 생각할 정도로 군페이에게는 야구가 전부였다.

동급생 대부분은 대학 진학을 택했지만 공부에는 영 흥미를 갖지 못한 군페이는 자신이 무엇을 하고 싶은지 모르는 채 완전히 방향을 잃고 말았다.

졸업 후의 진로

집에는 아버지가 모은 레코드가 넘쳤고, 평소에도 음악을 접해왔다. 중학교 시절, 친구들과 재미 삼아 밴드를 만든 적도 있었다. 왼손잡이라 아버지에게 물려받은 어쿠스틱기타의 현을 뒤집어 다시 연결해 곡을 쓰기도 했다. 시도 썼다. 야구를 시작하기 전에는 만화가를 동경한 적도 있었다. 무언가를 만들어내는 것에 관심이 있었다.

'싱어송라이터 같은 것은 어떨까?'

집에서 곡을 만들며 모색하는 나날이 이어졌다.

고등학교 졸업을 앞두고도 진로는 전혀 결정된 게 없었다. 그런 와중에도 부모님은 특별히 조언이나 설교를 할 기색이 없었다. 군페이는 허둥대며 아르바이트 자리를 찾았다.

'이대로 백수로 살면서 부모님한테 얹혀사는 건 창피한데.'

기타야마도리 근처에 있는 세련된 카페에 면접을 보러 갔으나 똑 떨어졌다. 굴하지 않고 무료 구인 정보지를 훌훌 넘겨보고 있는데, 마에다커피前田珈琲의 이름이 눈에 띄었다. 시험 삼아 교토 번화가에 있는 메이린점에 가봤다. 폐교한 메이린초등학교 교실을 이용한 복고풍 분위기가 마음에 들어 가벼운 마음으로 응모했는데 면접 볼 기회를 얻었다.

면접 자리에는 창업자의 장남인 마에다 쓰요시가 나왔다. 이력서의 '혈연관계'란에 아버지의 이름을 적었기 때문에, 그 이름을 알고 있는 쓰요시가 로쿠요샤 주인의 아들이냐고 물었다. 가능하면 알려지고 싶지 않았지만 교토의 같은 업종 종사자에게 거짓말을 하는 건 소용없었다.

"네, 로쿠요샤의 아들입니다."

얼마 후 마에다커피의 아르바이트 채용이 결정되었다. 멋스런 메이린점에서 일할 수 있기를 바랐지만 배속된 곳은 오피스 거리 모퉁이에 있는 무로마치 본점이었다. 100석 남짓한 실내는 창업 때의 정취가 남아 있는 오래된 인테리어로, 찻집이라기보다는 식당에 가까운 인상이라서 멋과는 거리가 먼 곳이었다. 창업자 마에다 다카히로 부부가 여전히 가게에 나와, 스태프 네 명과 함께 가게를 꾸려가고 있었다. 아들 쓰요시가 '조만간 가업을 이을 것'이라는 생각에서 군페이를 배려한 건지, 경영철학을 배우게 하기 위해 창업주 곁에 붙여준 모양이었다.

마스터의 등

"가업을 이을 생각 따위 없는데……."

본의 아니게 군페이는 마에다 부부와 함께 가게에 섰다. 접객 담당으로 주문을 받고, 마스터가 내리는 커피나 요리를 서비스했다. 손님 대부분은 단골이었다. 얼굴을 익히는 것부터 시작했다.

"저기 계시는 분은 커피 밀크는 필요 없어."

"저 아저씨는 항상 휴식차 온다."

마스터와 단골손님 사이에는 오랜 시간에 걸쳐 만들어진 호흡 같은 게 있었다. 단골손님 중에는 마스터와 대화를 하기 위해 가게에 오는 듯한 사람도 있었다. 찻집 접객은 단순히 주문을 받고 서비스하는 게 전부가 아님을, 경험을 쌓을 때마다 느낄 수 있었다.

붐비는 평일 점심시간에 테이블 위 물이나 커피를 곧바로 서비스하지 못할 때면 옆에서 목소리가 낮게 날아들었다.

"지금 당장 가져가!"

"그런 건 무리라고요."

무심코 말대꾸라도 하면 성난 목소리가 되받아쳤다.

"무리라는 말을 쓰지 마라. 어떡해서든 해야지!"

발차기가 날아온 적도 있었다. 엄격한 상하관계는 야구부에서 어느 정도 겪긴 했지만, 그에 비할 바가 아니었다.

손님이 뜸해지면 마스터는 자주 옛날이야기와 일의 방식에 대해 이야기했다. 월드커피ワールドコーヒー, 이노다커피에서의 수업시대.

10평, 좌석 수는 15석 남짓한 구멍가게에서 찻집을 차린 사연. 1971년 창업 이후 하루도 쉬지 않고, 때로는 가게에서 먹고 자며 영업을 이어온 이제까지의 행보. 예순이 넘은 지금도 마스터는 쉬지 않고 계속 일하고 있었다.

"반항하지 마라. 응석부리지도 말고. 더 많이 생각해라. 신뢰받는 사람이 되어라. 신뢰를 얻어야만 비로소 하고 싶은 일을 할 수 있어. 조직에서는 우선, 윗사람 마음에 드는 게 중요해. 남이 싫어하는 일을 솔선해서 해라. 그걸 할 수 있는 놈이 올라가는 거야."

그 말에는 어딘가 따스함이 스며 있었다. '기르겠다'는 마음이 배어 있었다. 용돈을 벌기 위해 시작한 일이었지만, 어느덧 마스터의 등을 좇게 되었다.

"일을 할 때 이 정도의 진심이 아니면 안 돼."

문득 로쿠요샤 일층에서 여전히 일하는 할아버지가 생각났다. 로쿠요샤에 가도 부모가 있는 지하점으로 바로 내려가는 일이 대부분이라 할아버지의 모습을 가게에서 찬찬히 살펴보는 일은 적었다. 집안사람끼리 이제 와 진지하게 얘기하는 게 쑥스러웠지만 틀림없이 할아버지 곁에서 배울 게 많을 터였다. 어느새 마스터의 모습에 할아버지를 겹쳐 보게 되었다.

가업을 잇는다는 것

마에다커피는 이제 막 아버지에서 아들로 세대교체가 이루어지려던 시기였다. 2대째가 되는 쓰요시는 무로마치 본점을 개장하고 지점을 늘려 현지 사람들이 평소 애용하는 도심의 작은 찻집에서 관광객도 모여드는 가게로 바꾸는 사업 확대를 도모하고 있었다. 메이린점은 그런 변화의 선구였다.

"사원이 되는 건 어때?"

아르바이트로 일하기 시작한 지 1년 반, 스무 살이 되던 무렵에 쓰요시가 말을 꺼냈다.

"우리도 전국구 진출을 하려고 노력하고 있어. 군페이가 있어준다면 도움이 되고, 분명 재미있을 거야."

쓰요시는 군페이의 '근성'을 높이 샀다.

"마스터의 엄한 지도에도 굴하지 않는 강인함과 성실하고 거짓말하지 않는 성격은 반드시 우리에게 큰 힘이 될 거야."

군페이는 쓰요시의 권유를 망설임 없이 받아들였다. 찻집업을 처음부터 가르쳐준 마스터의 은혜에 보답하고, 힘닿는 데까지 마에다커피에 쏟아보고 싶었다. 2003년, 사원 등용을 계기로 본가를 나와, 교토 시내에서 자취생활을 시작했다.

스무 살이 되었을 때 군페이는 성인이 된 것을 맞이해 할아버지 미노루에게 인사하기 위해 지하에 위치한 바로 갔다. 그 무렵 미노루는 일층점의 일이 끝나면 매일 밤 지하점의 바에서 술을 마시곤 했다. 군페이는 유쾌한 기분으로 할아버지와 카운터에 나란히 앉아 술잔을 기울였다.

"언젠가 로쿠요샤를 이어가고 싶어요. 앞으로도 가게가 계속 남아 있었으면 해요."

마에다커피에서 마스터의 등을 보면서 차츰 키우던 생각을 그때 처음으로 할아버지에게 밝혔다. 미노루는 "군페이가 하고 싶은 대로 하렴"이라며 조금 기쁜 듯이 중얼거렸다.

"언젠가 로쿠요샤를 이어가고 싶어요."
마에다커피에서 마스터의 등을 보면서
차츰 키우던 생각을 할아버지에게 밝혔다.
"군페이가 하고 싶은 대로 하렴."

마에다커피의 사원이 된 군페이는 무로마치 본점에서 홀 매니저를 담당하면서, 사장을 맡은 쓰요시와 동행해 전국 각지에서 특별 매장 전시를 도왔다. 도쿄를 중심으로 전국 백화점에서 열리는 교토물산전에 출점하는 일이었다. 지금까지의 교토물산전에서는 노포 이노다커피가 중심이었는데, 거기에 마에다커피가 참가한 것이다. '이트 인 스페이스'를 마련해 메이린점에서 인기를 끌었던 카푸치노 파르페를 주력으로 판매했다. 사장이 음료를, 군페이가 접객을 맡았다. 반년에 한 번이던 행사는 점차 늘어 매달 출장을 가게 되었다. 마에다커피의 지명도는 비약적으로 올라갔고 관광객도 급증했다.

"이러다가 단골손님을 잃을 거야."

아들 쓰요시에게 사업을 물려주고 회장으로 물러났지만 가게에 계속 나오던 마스터는, 말은 그렇게 하면서도 아들이 가게를 성장시키려 애쓰는 모습에 흐뭇함을 감추기 어려운 듯했다.

"가게가 점점 커지는 건 기쁘지."

마스터는 때때로 군페이에게도 그런 마음을 내비쳤다. 군페이는 서서히 찻집 일에 자부심과 자신감을 갖기 시작했다. 대가 바뀌는 모습이나, 가게를 남기고 계속해나가는 것의 실정과 의의를 지켜보면서 '언젠가 로쿠요샤에서 실현할 수 있다면' 하는 마음이 나날이 커져갔다.

이후 군페이는 동경해온 메이린점과 관광객이 많이 찾아오는 니시키점의 점장을 맡았다. 가게 책임자로서 아르바이트생을 교육하고, 공간 만들기에도 신경을 썼다. 매달 매출을 집계해 회사에 보고했다. 바쁘고 알찬 날들이 순식간에 지나갔다. 가끔은 아르바이트를 하던 때, 손님들과 친근하게 어울리던 때가 그립기도 했다.

"점주의 눈이 닿는 범위에서 완결되는 작은 찻집이 나에게 더 잘 맞는 것 같아."

아직 스무 살 남짓한 군페이였지만 마스터나 할아버지 정도 연배의 단골손님과의 교류는 힘이 든다기보다 마음이 온화해지는 시간이었다. 남녀노소, 다양한 연령의 사람들에 대한 친밀감이나 대화 리듬은, 어릴 적 입원생활을 하면서 기른 것임을 문득 깨달았다.

"헛된 경험은 없구나."

가족의 변화

로쿠요샤 지하점 바에서 가업에 대한 자신의 생각을 할아버지에게 고백한 지 3년이 지난 2006년, 본래 심장이 안 좋아 70대에 생체인공판막 수술을 받은 미노루가 새로운 판막으로 교체 수술을 한 다음날에 불귀의 객이 되었다. 뇌경색을 일으킨 듯하다. 향년 83세. 너무 갑작스런 죽음이었다.

언제나 말이 없고 무뚝뚝했던 미노루였지만, 마지막 몇 년 동안은 사람이 변한 듯 말도 많아지고 붙임성도 좋았다.

"옛날에 비하면 부처님 같았지. 인간이란 그런 식으로 이치를 맞추는 거겠지."

야에코는 웨이트리스들에게 그렇게 말하면서 미소지었지만, 그런 날들은 오래가지 않았다. 잠을 자듯 조용한 미노루의 얼굴을 마주보며 눈물도 보이지 않던 야에코가 입을 뗐다.

"여러 가지를 참고 부지런히 모으기만 한 때도 있었지만, 마지막에는 잘해줬다. 그걸로 다 갚았어."

할아버지 옆에서 찻집 노하우를 배운다…… 군페이의 작은 꿈은 어이없게 끊겼다.

미노루가 떠나고 오래 지나지 않아 역대 종업원과 단골

손님들이 주축이 되어 헤이안신궁 근처의 스시 집에서 작별회가 열렸다. 사장을 잇게 된 장남 다카시가 상주 인사를 하게 되었다.

"인사는 제대로 하려나…… ."

언제나 말이 없는 다카시였기에 군페이는 조금 걱정스러웠다.

"……여러분, 앞으로도 로쿠요샤 잘 부탁드립니다."

당당하고 진심 어린 인사에 놀람과 동시에 큰아버지의 존재가 든든하게 느껴졌다.

"얘기 좀 할까?"

모임 후, 아버지를 따라 둘이서 회장 근처 바 K6으로 향했다. 부자가 그런 곳에 함께 가보기는 처음이었다. 지금이 말을 꺼낼 때야. 카운터에 나란히 앉자마자 군페이는 결심을 하고 자신의 생각을 아버지에게 전했다.

"로쿠요샤를 지키고 싶어요. 가게를 잇고 싶다고 생각하고 있어요."

"…… 필요 없다."

아버지의 예상치 못한 대답에 말문이 막혀 머뭇거리자 오사무가 무거운 입을 뗐다. 오사무가 군페이에게 이야기를 하자고 한 것은 로쿠요샤의 어려운 경영 현황을 알리기 위해서였다.

"가라앉는 배라고까지는 말하지 않겠지만 로쿠요샤는 이익을 내고 있다고 말하기는 어렵다. 특히 일층점의 침체가 심한 것 같다. 향후 전망은 밝지 않아. 회사원으로 일하는 아들을 도저히 맞을 형편이 못 된다."

처음으로 알게 된 로쿠요샤의 어려움이었다.

미노루는 사망하고, 일층점은 할머니 야에코와 차남 하지메 부부를 중심으로 운영되고 있었다.

지하점은, 낮에는 삼남 오사무 부부가, 밤 시간대의 바는 장남 다카시가 맡았다. 삼형제도 모두 환갑이 가까워오고 있었다. 하지만 이 타이밍에 가업에 뛰어들지 못한다고 해도 이대로 마에다커피에서 계속 일한다는 선택지는 이미 군페이 안에서 사라지고 없었다.

"그렇다면 지금까지의 경험을 살려서 제가 이상으로 삼는 찻집을 만들고 싶어요."

"네 생각이 그렇다면 그러려무나."

아들이라 하더라도 깊이 개입하지 않는, 오사무다운 실로 담박한 대답이었다.

미노루의 죽음으로부터 한 달 후, 다시금 사건이 일어났다. 야에코와 함께 일층점을 맡고 있던 하지메 부부가 가게를 그만두겠다고 말한 것이다. 계기는 형제간의 작은 다툼이었다.

"결국은 아버지 가게야. 내가 만든 것도 아니고 간판도 넘지 못해. 그러니 30대 때부터 하고 싶었던 걸 지금이라도 하겠다."

야에코는 만류했지만, 하지메의 결심은 굳었다. 가족 모두가 지켜온 로쿠요샤에 미노루에 이어 결원이 계속되는 건 상당한 리스크였다. 그러나 그 결단을 받아들일 수밖에 없었다.

창업자로서 존재감을 발휘했던 미노루의 무게가 사라진 시점에서 로쿠요샤의 균형은 크게 흔들리기 시작했다.

이상적인 가게를 만들다

군페이는 탈상을 하고, 우선 마에다커피 마스터에게 독립 의지를 전했다.

"여기서 배울 만큼 배워. 우리를 이용하거라."

늘 그렇게 말해주던 마스터는 물론 반대하지 않았다. 이전에 근무하던 마스터들도 그렇게 자기 가게를 차렸다.

"해봐."

가식 없는 말로 등을 밀어주었다.

거기서부터 군페이는 집기도 함께 사용할 수 있는 점포를 계속 찾았다.

“그 롯카六花가 이전하는 모양이야.”

로쿠요샤의 베테랑 웨이트리스 ‘핫짱’ 고카사이 하쓰코로부터 솔깃한 소식을 듣고, 군페이는 전에 없던 정도의 기대에 부풀어 곧바로 가게로 향했다. 찻집 롯카는 퍼포먼스 그룹 ‘덤 타이프’의 일원이자 미술가 고야마 도오루가 인테리어를 맡은 분위기 좋은 가게로 군페이도 몇 번 가본 적이 있었다. 임대료를 들으니 어떻게든 맞출 수 있을 금액이었다. 내부 인테리어는 그대로 두고, 점주의 조치로 가게에 있던 식기와 가구 등을 염가로 양도받을 수 있었다. 이것으로 장소는 정해졌다.

아르바이트 시절을 포함해 마에다커피에서 7년 반의 시간을 보냈다. 스물다섯 살이 된 군페이는 정식으로 쓰요시에게 독립 의사를 전했다.

군페이는 일주일에 하루 이틀 정도 로쿠요샤 일층점에서 설거지 아르바이트를 하면서 개점 준비를 하기로 했다.

그런데 자신이 생각하는 이상적인 찻집이란 대체 어떤

모습일까. 새삼 스스로에게 물었다. 찻집에 대해 많은 글을 쓴 가와구치 요코의 책[27]에서 본 글귀에 공감했다.

"소바 가게의 미닫이문을 여는 사람은 갓 뽑은 향긋한 소바를 후루룩 먹는 게 목적이다. 스시 집의 포렴을 젖히는 사람의 머릿속은 신선한 스시 재료의 영상으로 가득차 있다. 하지만 카페의 경우는 그렇지 않다. 카페 문을 열 때 사람들은 꼭 커피가 마시고 싶은 건 아니다."

찻집에 들어가는 목적은 사람마다 다르다. 물론 커피도 그 이유 중 하나지만, 친구들과 대화를 나누거나, 일기를 쓰거나, 기분 전환을 하는 등 저마다 카페를 찾는 목적이 천차만별인 점이야말로 매력이 아닐까.

'사려 깊은 찻집과 편안한 카페의 중간.'

그런 가게의 이미지가 떠올랐다. 그렇다면 메뉴도 폭넓게 해야 한다. 수제 케이크는 물론, 마에다커피처럼 파스타나 샌드위치 등의 가벼운 식사도 내고 싶다. 홀에서 접객할 스태프도 필요하다.

"어디로 넘어질지 모르지만 따라와주면 좋겠어."

군페이는 마에다커피에서 함께 일하고 있던 아라이 메구미와 사나다 나오코에게 말을 꺼냈다. 두 사람이 함께 언젠가 개업을 목표로 하고 있다고 들은 적이 있었다. 둘 다 자취를 하고 있었기에 각자 고정 급여로 16만 엔 안팎을 약속

했다. 아라이는 케이크 만들기를 주로 담당하고, 사나다는 홀에서의 접객을 담당하기로 했다. 군페이는 커피와 조리를 맡는 것으로 가게의 방침이 정해졌다.

'원두는 역시 자가배전이어야지.'

아버지의 로스팅 오두막이나 마에다커피에서 로스팅하는 모습을 곁에서 봐왔지만, 실제로 로스팅을 해본 경험은 없었다. 오사무가 소유한 작은 샘플 로스터를 물려받아 집에서 사용할 수 있게끔 개조해 생두를 볶아봤다. 군페이가 생각하는 원두는 깊이가 있으면서도 깔끔해서 매일 마실 수 있는 맛이었다. 개점 준비 기간에 시행착오를 거쳐 완성한 오리지널 블렌드에는 '마시는 음악'이라는 이름을 붙였다. 커피는 BGM와 닮았다는 생각에서다. 일상 사용 가능한 '방해받지 않는 기분 좋은 맛'을 목표로 했다. 맛이나 향, 커피 특유의 쓴맛과 산미……, 다양한 하모니를 연주하는 점도 음악적이라고 느꼈다.

마에다커피를 그만둔 후 눈 깜짝할 사이에 반년이 지났다. 2009년 12월, 군페이는 이상을 차츰 실현해 마침내 작은 찻집을 열게 되었다. 가게 이름은 '찻집fe카펫사喫茶ｆｅカフェっさ'. 이 요상한 이름의 유래에 대해 군페이는 개점 당시 한 인터뷰에서 다음과 같이 말했다.[28]

"이런 장르가 있으면 좋겠다라는 생각을 가게 이름으로 삼았습니다. (중략) 한자나 히라가나가 많이 들어간 가게 이름은 찻집에 자주 쓰이고, 영문이나 가타카나만 사용한 것은 카페 이미지가 떠오릅니다. 제가 만들고 싶은 장소는 찻집과 카페의 구분을 넘어 '좋아하는 장소에 남녀노소가 모인다'라는 장르의 가게입니다."

오래전 입원생활을 하면서 느꼈던 남녀노소가 모이는 이상적 풍경에 대한 생각도 담았다. 가게 위치는 후루카와초 상점가 골목으로 들어간 곳이었다. 교토 중심가 기온에서 걸어서 오지 못할 곳은 아니지만, 관광지라기보다는 지역 밀착의 옛 상점가 옆에 있었다. 자신의 가게를 만든다면, 현지 사람들이 자주 찾는 장소가 되었으면 한다. 개점을 알리는 전단지를 직접 만들어 인근 벽에 부착했다.

12평짜리 매장에는 테이블석이 여섯 개. 블렌드 커피 한 잔에 400엔. 오리지널 블렌드 외, 커피 마니아들도 만족할 수 있도록 열 종류 정도의 스트레이트 커피를 상시 준비한다. 때마침 밀려든 제3의 물결 커피의 영향으로 양질의 생두를 구할 수 있는 환경이 조성되었다. 보다 기호성이 강한 커피통通을 위해서, 지정 농원에서 들여온 원두를 사용했다. 수제 케이크 400엔, 믹스 주스 500엔, 파르페 850엔. 스

"어디로 넘어질지 모르지만 따라와주면 좋겠어."
군페이는 마에다커피에서 함께 일하고 있던
아라이 메구미와 사나다 나오코에게 말을 꺼냈다.

가게 위치는 후루카와초 상점가 안.
기온에서 걸어서 오지 못할 곳은 아니지만,
옛 상점가 한 귀퉁이에 자리했다.
동네 사람들이 자주 찾는 장소를 만들고 싶다.
개점을 알리는 전단지를 직접 만들어
인근 벽에 부착했다.

파게티, 오므라이스, 하야시라이스, 샌드위치 등 가벼운 식사 메뉴도 다양하게 준비했다. 커피 맛을 방해하는 것 같아 메뉴에 카레는 추가하지 않았다. '로쿠요샤의 아들이 차린 가게'라는 화제성 덕분인지 얼마 지나지 않아 잡지에도 소개되어 손님은 순조롭게 늘어갔다. 평일에는 인근 손님을 중심으로 하루 60여 명, 주말에는 100여 명 정도가 찾아왔다.

군페이에게는 마에다커피 시절부터 교제해온 세 살 연상의 여자 친구가 있었다. 아로마 마사지숍에서 일하는 후지타 아야코는 직장인 시절에 비하면 불안정한 생활이 될 군페이의 상황을 이해하고 곁에서 늘 지지해주었다. 개업 반년 후, 두 사람은 함께 살기 시작했다. 그럭저럭 가게가 궤도에 올랐다고 느낀 시기이기도 했지만, 두 사람 모두 자취를 했기에 집세 부담을 줄이려는 아야코의 배려에서였다. 회사에 다닐 때는 월급 실수령액이 25만 엔 전후였지만, 자기 가게를 열고 난 초반에는 경비와 스태프 급여를 제하고 나자 군페이의 손에 들어오는 금액이 고작 5만 엔 안팎이었다. 5분의 1로 줄어버린 것이다. 이듬해 12월에 두 사람은 결혼을 했다. 아내 아야코는 마사지 일을 그만두고 로쿠요샤에서 아르바이트를 하며 군페이의 생활을 받쳐주었다. 심기일전한 군페이는 '이상적인 찻집'을 향해 마음이

들떴다.

반년 후. 로쿠요샤는 사소한 사건에 휘말렸다.

2010년 6월 17일 이른 아침, 로쿠요샤 뒤편에 있는 담배 가게 야마신 부근에서 화재가 발생했다. 경영자는 대피해 무사했고 로쿠요샤도 오픈 시간이 갓 지난 때라 손님은 없었으나 소방에 따른 방수로 일층점과 지하점이 침수됐다. 마침 가게 휴무일이었던 군페이가 전화를 받고 놀라 달려가자 가족과 스태프들이 가게 앞에서 망연자실하게 있었다. 이날은 정기 휴일 다음날인 목요일. 화재를 전하는 당시의 신문기사에서 오사무는 "지하에 고인 물은 소방펌프로 퍼냈지만, 내부가 아직 젖어 있습니다. 이번 주말까지 영업을 재개할 수 있을지……"라고 말하고 있다.[29]

로쿠요샤의 역사가 시작된 이래 처음으로 장기 임시휴업을 해야 할지도 모르는 기로에서 스태프가 총동원되어 가게 내부를 청소했고, 어렵사리 주말에는 다시 영업할 수 있었다. 그사이, 많은 손님의 격려가 이어졌고 복구 작업을 도와주는 단골들도 있었다고 군페이는 전해들었다.

"역시 많은 사람에게 사랑받고, 지지받고 있구나."

새삼스럽게 그것을 실감했다.

100년 가게

『찻집 편력 가란의 존재 가치喫茶店遍歴　伽藍の存在価値』라는, 손으로 쓴 책자가 있다. 산가쓰쇼보의 시시도 교이치가 기타야마 오하시 근처에 있던 가란伽藍이라는 찻집의 10주년을 축하하며 2009년에 제작한 것이다. 거기에는 로쿠요샤, 하나후사はなふさ, 쓰키지, 로댕ロダン, 데코이デコイ 등 지역에서 이름난 찻집과 시시도와의 추억이 담겨 있다. 2002년에 우연히 만난 가란의 청년이 내린 블렌드 커피는 시시도가 '찾던 맛'으로, 지금은 명물 마스터가 된 오사무의 모습을 예로 들면서 청년에 대해 평하고 있다.

그 누구보다도 찻집을 좋아한 시시도는 만년까지 지팡이를 쥐고 거의 매일 찻집에 갔다. 미노루가 별세한 후에도 변함없이 로쿠요샤를 자주 찾았지만, '손자'의 독립 소식을 듣고는 냉큼 군페이의 가게를 방문했다. 그리고 월, 수, 금요일은 찻집fe카펫사, 그 외의 요일에는 로쿠요샤와 새로운 찻집을 두루 찾았다. 시시도의 일과이기도 한 찻집 순회 코스는 이렇게 바뀌었다. 시시도는 가게에 올 때마다 군페이에게 미노루와의 추억담을 들려주었다.

"옛날에 마스터를 꼬셔서 자주 술을 마시러 다녔어. 일이 끝나면 당연하다는 듯이 로쿠요샤 근처 가게에서 만났지.

나는 일본 술파였는데, 마스터는 술 종류는 상관없이 다 잘 마셨지."

군페이는 알지 못하는 할아버지의 모습을 신선한 기분으로 들었다. 시시도에게는 언젠가 로쿠요샤를 이을 생각이라는 점도 밝혔다. 시시도는 진심으로 응원을 해주었다.

어느 날 시시도로부터 이런 편지를 받았다.

fe카펫사 찬가

짐승이 다니는 길로 잘못 들어 헤매면
카펫사의 꽃 두 송이 메구미와 나오코
존재감 넘치는 군페이=아야코는
유토로기*의 커다란 꽃송이 로쿠요샤 100년을 목표로 하게

_2011년 3월 시시도 교이치

100년이라는 목표는 군페이와 시시도 사이에서 암호 같은 말이 되었지만, 대선배가 편지로 '100년'이라고 글로 써

* 여유와 편안함을 의미하는 '유토리ゆとり'와 '구쓰로기くつろぎ'의 합성어.

줌으로써 군페이가 지향하는 방향은 더욱 견고해졌다. 언제부턴가 다정한 눈으로 지켜봐주는 시시도에 할아버지의 모습이 겹쳐 보였다.

자영업의 어려움

찻집fe카펫사는 그럭저럭 괜찮은 출발을 보였지만 적은 인원으로 영업하기는 쉽지 않았다.

매장 운영시간은 아침 여덟시부터 저녁 여덟시까지. 스태프 세 명은 거의 쉬지 않고 가게에서 계속 움직였다. 개점 1년 후쯤부터 샘플 로스터로는 로스팅 양을 따라가기 어려워져서 오사무가 사용하지 않는 시간만 사용한다는 조건으로 아버지의 로스팅 오두막을 빌려 쓰게 되었다.

가게를 연 지 2년이 막 되던 2011년 겨울, 케이크를 담당하던 아라이가 독립 의사를 내비쳤다. 본가가 있는 히로시마에서 자신의 가게를 열고 싶다는 것이었다. 서둘러 아내 아야코가 가게의 케이크 담당을 인계받기로 했다. 아야코는 원래도 디저트 만들기를 좋아해서 시어머니인 미호코가 입원했을 때 지하점 도넛을 만들기도 했다. 인수인계, 스태프 관리 재정비, 로스팅, 조리, 접객…… 군페이로서는 계속해서 평소 이상으로 업무가 과중됐다.

그런데 이듬해에는 접객을 담당하던 사나다도 독립을 하겠다며 그만둘 의사를 밝혔다. 개점 전부터 언젠가 독립하고 싶다고 말해왔기에 그 뜻은 알고 있었지만, 군페이는 다시금 경영의 어려움을 깨달았다. 새로 누군가를 고용해도 아라이나 사나다처럼 기량이 높고, 속속들이 잘 아는 인재는 좀처럼 찾기 힘들었다.

"경영은 내 체질에 안 맞는지도 몰라."

언젠가 이 가게의 경영을 누군가에게 맡기고 자신은 로쿠요샤로 돌아간다는 계획을 머릿속으로 그리고 있었지만 양립할 자신이 없어졌다. 당분간 아야코와 둘이서 영업을 계속하는 나날이 이어졌다. 앞으로의 가게를 고민하면서 하나부터 열까지 처리해나갔다. 그러는 사이 몸도 마음도 지쳐갔다.

그런 해를 보내던 때, 결국 사건이 일어났다. 당시 군페이는 오사무가 로스팅을 마친 밤 열시 즈음부터 매일 밤 두 시간 정도 로스팅을 했다. 어느 날, 피곤에 지쳤는지 로스팅 중에 깜빡 졸고 말았다. 문득 눈을 뜨니 가마에서 굴뚝으로 이어지는 덕트가 불을 뿜고 있었다. 곧바로 오사무를 불러 둘이서 물을 뿌려 겨우 불을 껐다. 원두는 새까맣게 타버렸다.

"더 크게 번지지 않아서 다행이다."

오두막이 있는 부지에는 야에코와 장남 다카시가 살고 있었다. 주변은 주택가여서 자칫하면 불길이 옮겨붙을 가능성도 있었다. 솥의 열이 식어가는 것을 지켜보고 나서, "나머지는 네가 알아서 정리해라" 하고 말한 뒤 오사무는 집으로 돌아갔다. 군페이는 아침까지 뒷정리를 계속한 뒤 그대로 오픈 준비를 위해 가게로 향했다.

"에구에구."

밤을 샌 탓에 피로를 덕지덕지 붙인 채 왔지만 간신히 기분을 고쳐먹으려던 참이었다.

"오두막에 큰일이 난 모양이야."

야에코의 전화였다.

로스팅 오두막으로 달려가보니 소방차가 불을 끄는 중이었다.

'어째서? 불씨는 제대로 껐을 텐데.'

오두막에서 연기가 피어오르는 것을 눈치챈 인근 주민이 신고해준 듯했다. 본가에서 야에코와 같이 살고 있는 다카시가 이상을 감지해 소방차가 오기 전에 맨손으로 오두막 유리를 깨고 물을 뿌리고 있었다. 다카시의 손에서 피가 흘렀다.

"괜찮으세요?"

"오두막에 큰일이 난 모양이야."
야에코의 전화였다.

군페이가 황급히 다가가 말을 건넸다.

"헤헤헤헤."

다카시는 쑥스럽다는 듯이 웃음만 지을 뿐이었다. 평소에는 할아버지인 미노루를 닮아 무뚝뚝하기 그지없지만, 심지가 고운 다카시 나름의 배려가 그나마 도움이 되었다.

연기는 커피 원두에서 피어올랐다. 군페이는 지난밤 로스팅기에서 꺼낸 검게 탄 원두에 물을 뿌린 다음 봉지에 담아 오두막 구석에 두었는데, 불씨가 완전히 꺼지지 않았는지 시간이 지나면서 다시 발화를 했다고 한다. 이번에도 주변으로 불이 번지는 일은 면했지만, 오두막 안에 있던 원두와 배선, 서류 등은 거의 다 타버렸다. 오사무가 소중히 여기던 마틴 기타도 일부 불에 그을었다.

"뭐, 이런 일도 있는 게지. 어쨌든 오늘은 가게 쉬어라. 하루 푹 쉬고, 마음 잘 추스르고."

침울해하는 군페이에게 야에코는 다정하게 말을 건넸다. 찻집 영업의 어려움은 오사무도 잘 알고 있었기에 중요한 도구와 애지중지하는 기구가 손상되어 낙담이 컸지만 그런 마음은 감추고 "어쩔 수 없다. 신경 쓰지 말아라"라며 오히려 격려해주었다.

오사무의 입원

가게에서의 고된 일과에 화재 소동까지. 지독한 시련에 부딪혀 정신없는 와중에 오사무의 심장에서 문제가 발견됐다. 급하게 입원을 하는 바람에 지하점 찻집은 약 1개월 정도 문을 닫지 않을 수 없게 되었다. 새로운 날들을 겨우 이어주는 로쿠요샤의 균형에 다시금 금이 갔다.

일층점을 담당하는 야에코. 지하점을 맡고 있는 오사무 부부와 큰아버지 다카시. 저마다 확실히 한 해 한 해 나이를 먹고 있었다. 전부터 아버지는 로쿠요샤의 불안정함에 대해 한탄하고 있었다.

"임대 점포니까, 건물주하고 계약이 어떻게 되려나. 새 건물을 올린다고 하면 어떻게 될지 모르겠다."

미노루와 하지메에 이어 오사무의 '부재'를 군페이는 그냥 지나칠 수 없었다. 마에다커피에서 일을 배웠고, 순조롭다고는 할 수 없지만 찻집 경영을 몸소 경험한 지금이야말로 가업에 뛰어들 시기가 아닌가.

찻집fe카펫사를 시작할 때, 야에코로부터 이런 말을 들은 적이 있다.

"너는 마에다커피에서 너무나 잘해왔으니, 한번쯤 실패

해본들 뭐 어떠냐."

가식 없는 야에코다운 격려의 말이었다. 쇼와昭和와 함께 걸어온 '안주인' 야에코는 때로 젊은 웨이트리스를 향해 가게 안에 다 들릴 만큼 큰 소리로 주의를 줬다.

"그렇게 하면 너 시집도 못 가!"

뭐든지 생각한 것을 분명하게 말하지만 화를 낸 후에 길게 끌지는 않는 타입이다. 남을 잘 돌보는 성격이라 스태프에게는 부모나 다름없다. 해마다 한 번 역대 스태프까지 부르는 신년회를 무엇보다 기대하고 즐거워한다. 미노루가 죽은 후 가족 중에서 창업 시기를 알고 있는 유일한 존재가 된 야에코에게 군페이는 자신의 생각을 전했다.

"제 가게는 문을 닫고 로쿠요샤로 돌아가도 될까요?"

창업자인 미노루는 물론, 로쿠요샤의 찻집을 맡은 가족은 그 나름의 '수업시대'를 거쳐 합류했다. 찻집 경영에 뛰어든 군페이를 후계자로 보고 있던 야에코는 그런대로 쓴맛도 보고 경험을 쌓아온 군페이를 믿음직스럽게 생각해 그의 의지를 받아들였다. 다카시도 군페이가 가업에 뛰어든 것을 환영했다.

지병으로 약해진 건지, 오사무도 이번에는 반대하지 않았다. 군페이가 3대째로서 가업 경영에 받아들여지는 순간이었다.

2013년 6월, 군페이는 찻집fe카펫사의 영업을 종료했다. 3년 반 만이었다. 마지막 반년 동안은 거의 쉬지 않고 일했기 때문에 폐점 작업 후에 조금 휴가를 얻었다.

'좋아, 심기일전. 시작이다.'

8월부터 군페이는 할머니가 있는 로쿠요샤 일층점에서 일하기 시작했다.

로쿠요샤에 물들지 않으면

그 무렵 일층점에서는, '안주인' 야에코 이외에 커피를 내릴 수 있었던 것은 확실하게 가게의 룰을 몸에 익힌 20년 근속의 핫짱과 '아유짱'이라고 불리는 이토 아유리, '미호짱'이라고 부르는 마에다 미호코 세 명뿐이었다. 고령의 야에코가 가게에서 일하는 것은 주 1회뿐이었으므로, 미노루가 타계한 후에는 이 세 명을 중심으로 한 종업원 열두 명이 그럭저럭 가게를 지켜왔다. 그곳에 군페이가 합류했다.

"우선은 로쿠요샤에 물들어야 해. 지금까지 해온 방식은 잊고 로쿠요샤의 방식을 따르자. 내 가게에서는 내가 이상으로 삼은 찻집을 추구했지만 로쿠요샤는 내가 무언가를 바꿀 곳이 아니야."

로쿠요샤에는 커피 맛부터 서비스, 실내 분위기까지 오랜 시간을 거쳐 축적된 격식이 있었다. 그것을 무너뜨리는 것은 그곳을 아껴주고 지탱해주는 손님을 배신하는 일이 될지도 모른다.

창업주의 손자이자 찻집 경영 경험자라는 입장이기는 했지만, 가게 청소와 설거지부터 시작할 생각이었다. 하지만 야에코는 일찌감치 군페이에게 커피 내리는 일을 맡겼다.

"너 좋을 대로 하면 된다. (점원의) 필두로서 이끌어나가면 돼."

그래도 모르는 게 많았다. 베테랑 스태프에게서 로쿠요샤의 룰을 배우면서 주 6일, 이른 아침 개점 준비부터 저녁 일곱시까지 열두 시간 일했다. 조금이라도 빨리 로쿠요샤의 일을 익히고 싶었다. 뚱한 표정의 할아버지가 늘 자리를 지키던 카운터 안쪽에 자신이 서 있다는 사실이 신선하게 느껴졌다.

그해 연말에 오사무로부터 충격적인 사실을 전해들었다

"가게에 돈이 떨어졌다."

"네? 무슨 소리예요?"

가게의 영업적자를 미노루의 부동산 적금으로 오랜 세월 충당해왔지만, 그것도 바닥이 났다고 했다. 언제나 그렇듯이 어딘가 초연한 듯한 오사무의 모습에 맥이 탁 풀리면서도 그 뜻하는 바의 심각성이 서서히 피부에 와닿았다.

처음으로 야에코에게 가게의 경영 상태에 대해 묻자, 상당히 주먹구구로 해왔음을 알 수 있었다. 로쿠요샤는 오사무의 말처럼 계속 적자였다고 했다. 저렴한 가격의 프렌차이즈 카페의 대두와 단골손님의 고령화로 일층점을 찾는 손님 수는 확실히 줄어들었다. 미노루는 생전에 가족 한 사람 한 사람에게 수표로 각각 900만 엔을 남겼고, 그 외에 금괴도 몇 개 맡겨두었지만, 그것들은 전부 적자를 메우는 데 쓰였다.

미노루가 사망한 후에 일층점에서는 모닝세트를 시작하면서 젊은 고객들의 발길이 다시 돌아오고 있었다. 관광객도 늘어나, 최근에는 한 달 매상이 어떻게든 경영을 끌어갈 수 있는 300만 엔을 넘는 정도까지 회복했다. ……그랬었는데, 1년에 두 차례 소비세를 납부하면서 결국 여유자금이 완전히 바닥났다고 했다. 경영 전반을 담당하던 미노루의 부재로 회계 처리를 회계사에게 일임했다. 그 결과, 아무도 경영의 전체적인 그림을 파악하고 있지 못했다.

'내가 어떻게든 하지 않으면 안 돼.'

마에다커피에서 점장을 지낸 경험을 바탕으로 군페이는

2014년 연초부터 경영 개혁에 나섰다. 야에코로부터 경리를 인수인계받아 전표조차 없던 회계를 처음부터 재검토했다.

접객 서비스도 변경해야 했다. 그때까지는 할아버지의 가르침을 지켜, 커피를 내리는 사람이 여유를 가지고 점내의 상황을 바라볼 수 있도록 설거지 담당 한 명, 플로어 접객 한 명이라는 상시 3인 체제가 기본이었다.

하지만 그 무렵, 주전 스태프가 차례차례 빠지는 사태가 일어났다. 우선 커피를 내릴 수 있었던 미호짱이 임신을 해서 퇴직을 했고, 핫짱은 입원을 해서 약 한 달간 쉬기로 했다. 베테랑 두 사람의 빈자리는 컸다. 대신할 스태프를 채용하려고 해도 원칙적으로 프리타*는 고용하지 않는다는 것이 야에코의 고집이어서 조건이 맞는 인물을 금방 찾을 수 없었다. 핫짱은 이렇게 증언했다.

"당시는 왠지 구인 모집을 내도 대학생은 전혀 지원하지 않았어요. 시대의 흐름인 건지, 그전까지와는 반응이 다르더군요. 시프트 개정**이나 경비를 재검토 하는 등, 하지메 씨가 가게를 떠났을 때부터 마마(야에코)도 조금씩 분투하

---

* フリーター, 일정한 직업 없이 아르바이트로 생활하는 사람들.
** 개인이 원하는 시간을 신청해 일하는 근무 방식.

고 있었지만 여러 가지가 겹친 데다 타이밍도 나빴던 것이지요."

필연적으로 군페이가 가게에서 일하는 시간이 늘어났고 휴일을 반납하지 않으면 가게가 돌아가지 않는 상황이 이어졌다.

"이런 마당에 비용을 들이는 건 말도 안 되지."

손님의 발길이 비교적 뜸한 평일 낮부터 오후 네시까지는 2인 체제로 하고 커피를 내리는 사람이 설거지를 겸해 인건비를 줄였다. 일층점은 연중무휴였지만, 경비 삭감도 노려 지하점과 같은 수요일을 정기 휴무일로 정했다.

스태프에게는 의식 개혁도 재촉했다. 그녀들은 야에코의 가르침을 충실하게 실천할 것을 요구받고 있었다. 테이블 위의 물이 줄어들면 바로 채우기, 커피 밀크는 빨리 회수하기, 정시에 타올 세탁하기 등. 그것이 창업 이래 로쿠요샤의 방식이라는 것은 군페이도 충분히 이해했지만 현장에서 실제로 보니 방식을 고집하다가 오히려 서비스가 허술해진 측면이 있는 것 같았다.

"지금, 뭐가 필요할까요? 그때그때 주위 상황을 보고 자발적으로 생각하고 움직이는 편이 낫지 않을까요? 시켜서

하는 게 아니라 나라면 손님에게 어떻게 해주고 싶은지, 그런 감각을 갖고 일합시다."

군페이는 일하는 틈틈이 말을 고르며 스태프에게 말을 건넸다. 베테랑 중 한 사람인 아유짱은 그때의 모습을 이렇게 돌아봤다.

"로쿠요샤 룰의 기본은 손님의 시선으로 서비스에 마음을 쓰는 것. 모두 룰에 묶여 있다거나 시키는 것만 하는 그런 느낌은 아니었습니다. 다만 다른 찻집에서 일한 경험이 있는 군페이가 방식에 의문을 갖는 것도 어느 정도는 이해할 수 있었어요."

착실한 궁리와 대화를 거듭하는 것 외에는 달리 방법이 없었다.

희소식이 이어지다

그해 7월에 군페이에게는 첫아이가 되는 장남, 가나데가 태어났다. 약 50년 만에 기온축제에서 야마보코* 순행이 사키마쓰리와 아토마쓰리로 나뉘어 치러지는 해의 아토마쓰

* 山鉾, 대 위에 산 모양을 만들고 창이나 칼을 꽂아 장식한 수레.

리에 해당하는 24일. 교토의 거리에 '콘치키친' 하고 종소리가 울려퍼지는 중에 군페이는 아버지가 되었다.

게다가 가을에는 새로운 희소식이 날아들었다. 개업해서 60년 이상 줄곧 세를 내고 빌려 쓰던 가게의 토지와 건물 구입이 성사된 것이다.

"이제야 겨우 우리 것이 되었네."

야에코는 무척 기뻐했다. 임대 계약은 오랫동안 불안 요소가 되어, 지금까지 몇 번이나 건물주에게 매매에 대해 상담했지만 거절당했다. 이 기회를 놓치고 혹여라도 건물이 다른 사람 손에 넘어가기라도 하면, 퇴거를 재촉당할 가능성도 있었다.

"여기는 다시 한번 잘 생각해봐요."

군페이는 다소 들뜬 야에코에게 말했다.

"최종적으로는 네가 결정하면 된다."

야에코는 군페이에게 결단을 맡겼다.

군페이는 고민했다. 앞으로 다카시도 오사무도 언젠가 은퇴할 날이 올 것이다. 끝까지 빚을 갚아나가야 하는 것은 자신이었다. 과연 그게 가능할까? 상상만 해도 무서웠다. 지켜야 할 가족도 있다. 하지만 자신도 나름 각오를 하고 가업에 뛰어들었다. 가족 중 아무도 한 적이 없는, 같은 업계 다른 곳에서 근무를 하거나 독립을 해본 경험도 있다. 할아버지 때부터 이어온 로쿠요샤라는 브랜드를 이어 '100년을 잇는 찻집'을 만든다는 목표도 있다.

'앞으로도 이곳에서 계속 가게를 한다면 건물을 사는 것 외에 다른 선택지는 없다.'

지금까지의 월 임대료는 일층점과 지하점을 합해 약 65만 엔. 제시받은 금액은 2억 엔에 가까웠지만, 25년 만기로 대출을 받으면, 건물을 소유함으로써 얻을 수 있는 이층의 임대 수입으로 대출금 일부를 메우면 매월 지불했던 임대료와 크게 다르지 않았다. 가게 경영도 조금씩이기는 하지만 서서히 궤도에 오르기 시작했다.

하지만 역시 큰 도박임에는 틀림없었다. 이런 타이밍에 폐점이나 이전을 결단하는 사례도 많았는데, 딱 그 무렵에 가와라마치 거리에서는 대표적인 가게들이 잇달아 문을 닫고 있었다.

인근에 있던 메이지 6년(1873년)에 개업한 문구점 고추도壺中堂는 2014년 3월 말, 140여 년의 역사를 끝으로 막을 내렸다. 전신은 사카모토 료마의 친구 고토 쇼지로가 하숙했다고 알려진, 에도기에 창업한 간장 도매상인 유서 깊은 노포 쓰보야壺屋였다. 또 바로 그 근처에서 1937년부터 영업해온 중화요리점 하마무라ハマムラ 가와라마치점도 임대료 부담으로 같은 해 4월에 문을 닫았다. 몇 달 뒤에 다른

곳으로 이전해 문을 연 것은 3대째가 맡으면서였다.

"이 흐름을 막는다는 의미에서라도 이 건은 진행하죠. 구입합시다."

고민에 고민을 거듭한 끝에 야에코에게 전했다. 오사무도 다카시도 "군페이가 그렇게 결정했다면……" 하고 받아들였다. 토지와 물건은 사장인 다카시 명의로 구입하고 군페이가 보증인으로 이름을 올렸다. 걱정했던 은행 대출도 경영이 나아지고 있는 데다 후계자가 있다는 점이 심사에서 플러스로 작용한 듯, 나눠서 받지 않고 전액 지급이 순조롭게 허용됐다.

2014년 겨울, 드디어 로쿠요샤의 점포가 오쿠노 일가의 소유가 되었다. 이로써 '100년을 잇는 가게'를 향한 발판이 마련되었다. 최근 가와라초 일대에서는 이례적인 선택이었다.

이듬해의 신년회. 로쿠요샤의 모든 스태프들이 모이는 자리에서 인사말을 하기 위해 자리에서 일어난 야에코는 자랑스러운 듯이 이렇게 운을 뗐다.

"드디어 로쿠요샤의 점포를 장만했습니다. 가게를 계속 하다보면 힘든 일이 많겠지만 아무쪼록 군페이를 도와주세요."

오쿠노가와 하나가 되는 새로운 출발이었다. 봄부터는 찻집fe카펫사 폐점 이후, 전업주부로 가사에 전념하던 군페이의 아내 아야코가 야에코와 함께 세무사와 한 달에 한번 하는 경리 회의 자리에 참석하게 됐다. 바야흐로 일가가 총출동해 100년을 향해 계속 나아가게 되었다.

이 무렵 교토의 찻집을 소개하는 책으로 앞서 언급한 작가 가와구치 요코와 군페이, 오사무 세 사람이 대담을 하는 자리가 마련됐다.[30] '100년 찻집'을 목표로 하는 군페이에게 오사무는 조금 따끔하게 지적했다.

오사무: 내가 한 가지 말하고자 하는 건, 이상이 지나치게 높아서 매일의 작업이 그에 따라가지 못하는 게 아닌가 하는 점이다. 네가 처음부터 로쿠요샤를 100년을 잇는 찻집으로 만들겠다고 말했잖니. 100년이 지난 후에 잘해왔다는 말을 들었을 때 '하루하루 성실하게 해온 덕분입니다'라고 말할 수 있다면 멋지겠지만, 애초에 100년을 이어가겠다고 말해놓곤 그때까지 일을 제대로 하지 못한다는 소리라도 들으면 그것만큼 모양 빠지는 일도 없지 않겠니.(웃음)

군페이: 멋이라니, 저는 뭐 별로…….

오사무: 내가 말하는 멋이라는 건, 정말 제대로 살아가고 있는가 하는 거다. 오너로서도 매일 설거지를 하고, 커피를 끓이고, 청소를 하는 것을 정성을 다해 하지 않으면 보는 시

선들이 바뀐다. (중략) 내가 정비하는 로스팅기를 사용하기 때문에 그다지 실패를 겪진 않겠지. 하지만 그것은 약점이기도 하다고 생각한다.

부자지간이기 때문에 마음 깊이 담아둔 생각이 부딪치는 순간이었다. 그러나 그 이듬해, 군페이는 어떤 중대한 사실을 알게 됐다. 산가쓰쇼보의 시시도가 한 말을 전해 들은 것이다.

"그러니까 마스터(미노루)도 취하면 항상 로쿠요샤를 100년 가는 가게로 만들겠다고 했다는 거야."

"네? 그랬군요!"

만년의 미노루는 경영 상황이 좋지 않아서였는지, 아들들에게 "너희들이 마지막이다"라는 말을 하며 폐업을 종용하는 소리만 했다. 하지만 '100년을 잇는 찻집'이라는 목표는 군페이뿐만 아니라 창업자인 조부의 꿈이기도 했던 것이다.

"아이들에게 이상한 부담을 주고 싶지 않았던 걸까."

가족에게는 직접 말하지 않고 혼자만의 비밀로만 간직했던 미노루의 사연을 듣고 군페이의 마음속에 '100년을 잇는 찻집'의 이미지가 보다 현실감 있게 다가왔다. 토지와 건물을 매입하기로 결단을 내렸던 것도 어쩌면 조부가 저승에서 등을 밀어준 것인지도 모른다.

어느 날 불쑥 일층점을 찾은 시시도와 한 살 된 군페이의 장남 가나데가 처음으로 만났다.

“4대째가 태어났으니 로쿠요샤도 안태하구만.”

시시도는 자기 일처럼 기뻐해주었다.

군페이 자신은 가나데에게 가업을 잇도록 강요할 생각은 털끝만큼도 없다. 그래도 앞으로 가나데가 자신처럼 가게에 애착을 가지고, 언젠가 ‘가업을 잇겠다’고 말해준다면 얼마나 좋을까.

가족회의 소집

군페이의 업무량은 확실히 늘고 있었다. 새해 초부터 군페이는 본격적으로 매달 매출 등 돈의 흐름을 파악하려고 시도했다. 한편, 잇따라 빠진 베테랑 직원들의 빈자리를 보충하기 위해 거의 쉬지 않고 가게를 돌보지 않으면 안 되었다. 찻집fe카펫사 시절부터 단골을 상대로 원두를 계속 로스팅해왔다. 로스팅 기술을 잊지 않으려는 목적도 있었지만, 로쿠요샤만의 수입으로는 3인 가족이 생활하기 어려운 사정도 있었다. 오사무가 로스팅을 끝낸 후인 심야 시간에 로스팅 오두막에서 작업을 했다. 산 넘어 산이 기다리기라도 하듯, 핫짱이 출산휴가에 들어가면, 아유짱도 가정 사정으로 근무시간을 줄일 수밖에 없게 됐다. 어쩔 수 없이 군페이가 더 많이 일하는 수밖에 없었다.

"신입들은 여길 감당하기 어렵지."

그렇게 자신을 타이르면서도, 갓 태어나 아직 손이 많이 가는 장남과 육아에 쫓기는 아내 아야코와의 시간을 좀처럼 낼 수가 없어 몸도 마음도 모두 지쳐갔다.

계절은 여름에서 가을로 접어들고 있었다. 어느 날, 군페이가 가게에 있을 때 야에코가 전화를 걸어와 경리상의 사소한 실수를 지적했다. 매출 집계나 급여 계산 등의 경리는 군페이가 맡았지만, 가족에게 수입을 나누는 중요한 결정은 여전히 야에코가 맡고 있었다.

"꼭 영업하는 중에 말하지 않아도 되잖아요."

팽팽하던 실이 드디어 툭 끊어지는 기분이었다.

"가족끼리 얘기 좀 하시죠."

늦은 밤. 가게 문을 닫은 후 일층으로 야에코와 다카시, 오사무를 불렀다.

"가족이 다 같이 꾸려가는 가게인데 왜 좀더 도와줄 생각을 안 해요?"

평소 쌓여 있던 가족에 대한 불만이 한꺼번에 터져나왔다.

"빠진 스태프의 빈자리를 메우고 육아까지 하느라 제가 힘들어 한다는 거 모두 알고 있잖아요. 근데 왜 뒤에서 받쳐주질 않아요?"

이렇게 가족 일동이 모여 가게 일에 대해 말하는 건 처음이었다. 한번 터진 화산은 멈추지 않았다. 이제까지의 경영 자세에 대해서도 계속 쌓아두었던 생각을 털어놓았다.

"지금까지 뭐 하고 있었어요?"

눈앞에 있는 이들이 직장 선배이자, 할머니, 큰아버지, 아버지라는 사실은 충분히 알고 있었지만, 무의식중에 추궁하는 듯한 말투가 나와버렸다.

오사무는, 자신이 맡고 있는 지하점 일은 제대로 하고 있다는 취지의 말을 했다. 그것은 군페이도 잘 알고 있었다. 실제로 바를 제외한 지하점 단독으로는 쭉 흑자 영업을 이어오고 있었다. 로쿠요샤에 자가배전을 도입하고, 뮤지션으로서의 면모도 갖고 있는, 독자적인 센스로 로쿠요샤의 팬을 획득해온 아버지를 존경하고 있다. '아버지처럼은 될 수 없다'는 생각마저 할 정도다. 하지만 동료로서 볼 때 모든 일에 자기 페이스로 자신만의 틀을 바꾸려 하지 않는 완강한 아버지의 태도를 용납할 수 없었다.

"각자 좋으면 된다고 생각하지 말고, 일층과 지하점, 바

"꼭 영업하는 중에 말하지
않아도 되잖아요."
팽팽하던 실이 드디어
툭 끊어졌다.

"가족끼리 얘기 좀 하시죠."

늦은 밤, 가게 문을 닫은 후 일층으로
야에코와 다카시, 오사무를 불렀다.
"가족이 다 같이 꾸려가는 가게인데
왜 좀더 도와줄 생각을 안 해요?"

평소 쌓여 있던 가족에
대한 불만이 한꺼번에
터져나왔다.

모두 합쳐서 로쿠요샤니까 다 같이 로쿠요샤를 조금이라도 더 오랫동안 할 수 있게끔 노력해야 하는 거 아니에요?"

가족이기에 좀더 속마음을 털어놓는 것이 좋다. 그것이야말로 가족경영의 이점일 것이다. 그런 생각에 군페이는 분노를 마구 터뜨릴 생각이었다. 하지만 이야기는 엇박자를 내며 앞으로 나아가지 못했다.

"로쿠요샤를 계속해나갈 생각으로 들어왔으면, 이러쿵저러쿵하지 말고 감내해라."

다카시의 의견이었다. 확실히 그것도 틀림없이 맞는 말이지만, 군페이는 그런 대답을 듣고 싶지는 않았다. 현재 상태를 해결할 실마리를 끌어내지 못한 채 대화는 끝났다.

"가게와 개인적으로 하는 로스팅, 육아. 어떻게든 스스로 양립시킬 수밖에 없다."

그해 겨울 세번째 화재 소동이 벌어졌다.

사실 첫번째 화재가 일어난 지 2년 만에 군페이는 두번째 화재를 일으켰다. 인근 주민이 타는 냄새를 맡고 신고해 소방차가 달려오는 사태가 벌어졌지만 탄 콩의 연기가 굴뚝을 통해 주변으로 퍼진 정도였다. 원인은 역시 군페이의 졸음이었지만, 바쁜 와중에 일으킨 실수이기에 주위에서는 군페이를 탓하지 않았다.

그러나 이번에도 또 군페이는 로스팅기 앞에서 잠이 들고 말았다. 다행히 작은 화재로 끝났지만, 인근 주민들도 불안해했다. 세 번이나 거듭된 실수였다. 게다가 '가족회의'를 한 지 얼마 되지 않은 시점이었다. 야에코는 불같이 화를 냈다.

"커피 일 하는 사람이 할 짓이냐. 넌 답이 없구나. 이 이상 주변에 폐를 끼칠 수 없다."

아버지 오사무도 기막혀 했다.

"게을러서 자는 건 아니지만, 잠들 정도로 피곤에 지치면서까지 개인적인 일을 하는 이유가 뭐냐? 어쨌든 로스팅이 가게 일은 아니지 않느냐. 이 이상 실수는 용납할 수 없다."

이후 군페이는 로스팅기를 사용할 때 사전에 오사무에게 연락해 오사무가 옆에 있도록 했다. 실질적으로 사용 제한인 셈이었다.

군페이는 거듭되는 실수에 대해 사죄를 하면서도, 이것을 계기로 자신이 처한 가혹한 상황을 가족들이 이해하고 긴밀하게 이야기를 나누는 방향으로 나아가리라는 실낱같은 기대를 품고 있었다. 그러나 현실은 엄격했다.

군페이의 곤경

2016년 신년회. 야에코는 모두 인사에서 뜻밖의 말을 꺼냈다.

"이젠 군페이에게 가게를 맡길 수 없을 듯합니다. 살아 있는 동안은, 제가 앞장서겠습니다."

지난해 신년회에서 3대째를 향한 응원을 호소하던 야에코의 '부활 선언'이었다.

상상 이상으로 냉엄한 말을, 게다가 직원 전원 앞에서 갑자기 선고받은 듯한 상황이 군페이로서는 납득이 가지 않았다.

"저, 어떻게 생각하세요? 너무 심한 거 아니에요?"

다음날 오사무에게 불만을 토로하자 오사무의 반응도 차갑기는 마찬가지였다.

"하지만 결국 스태프들도 네 뒤를 따라오지 않잖냐. 우쭐대는 데도 정도가 있다."

'우쭐대다.' 그 말이 무겁게 울렸다. 그럴 생각은 털끝만큼도 없었다. 단지 마에다커피에서 경험한 체제와 차이가 커서 놀랐고, 잘되기를 바라는 마음으로 해온 것뿐이다. 그것이 가족에게조차 이해받지 못했다는 사실이 괴로웠다.

충격의 신년회로부터 얼마간 시간이 지난 후, 야에코가

이젠 군페이에게 가게를 맡길 수 없을 듯합니다.
제가 살아 있는 동안은 제가 앞장서겠습니다.

재차 주의를 주었다.

"시간이 걸리는 일이야. 아무래도 군페이보다 오래 일한 스태프가 있고 나도 있고, 무엇보다 로쿠요샤의 긴 역사에서 너는 고작 몇 년밖에 안 됐잖니. 그렇게 간단히 뭐가 될 리가 없잖니. 애초에 아르바이트생 교육이 제대로 되지 않잖아. 아니니?"

군페이가 로쿠요샤에 들어간 뒤부터 스태프들에게 기존의 로쿠요샤의 규칙에 얽매이지 말고 유연하게 서비스 대응을 하도록 한 것이 현장에서는 혼란을 빚은 듯했다. 야에코의 부활 선언을 단서로, 어쩔 줄 몰라 당황하고 있던 스태프들이 야에코에게 상담을 한 것 같다. 로쿠요샤를 위해 고심 끝에 한 일이 다시금 예상을 빗나가고 있었다.

야에코는 부활 선언 후, 그때까지 주 1회였던 근무를 2회로 늘렸지만, 매일의 매출 관리는 군페이에게 맡겼다. 군페이는 타이트한 근무 상황을 개선하기 위해 커피를 내릴 수 있는 스태프 육성을 야에코에게 제안했지만 받아들여지지 않았고, 어쩔 수 없이 장시간 근무를 더 해야 했다. 군페이식 서비스에 이해를 표시한 스태프도 있었지만 형언할 수 없는 고독감 속에서 일하는 날들이 계속되었다.

2016년 4월. 소비세 상승이 예상되는 가운데, 원두 구입가 등 원가도 오를 상황이었다.

"어떻게든 손을 써야 해."

군페이는 로스팅 업자에게서 구입해 쓰던 일층 원두를 오사무가 로스팅한 원두와 블렌드해 구입원가를 낮추고자 했다. 로스팅 양에서도 그리 큰 부담은 없을 거라며 오사무도 협조해주었다. 아울러 커피 한 잔의 가격을 480엔에서 500엔으로 조정하고, 그 외 음료 가격도 20~30엔씩 인상했다. 도넛도 140엔에서 150엔으로, 530엔이었던 모닝세트는 560엔으로 올렸다. 자가배전 비율을 높임으로써 이익률이 늘고 맛도 향상되어 매출은 순조롭게 증가했다. 가격 인상의 영향도 별로 없어 보였다.

하지만 군페이의 마음은 개운치 않았다. 이 무렵 군페이는 오전 열한시부터 폐점하는 오후 열한시까지 가게에 있었다. 일에 쫓기는 데다 낮부터 밤까지 근무로 가족과 보낼 짬도 낼 수 없었다. 아야코는 군페이가 매일 집에서 하는 매출 관리 작업의 일부를 거들고, 가나데가 두 살이 되어 어린이집에 가게 되자 식당에서 서빙 아르바이트를 하며 가계를 도왔다.

하지만 가게에서는 아무도 조력자로 나서지 않았다. 차츰 보람도 느낄 수 없게 되었다. 이해받지 못하는 상대가 가족이라는 점만으로 마음의 상처는 더 컸다.

'뭘 위해서 이렇게 매일 일하는 걸까.'

로쿠요샤에서 일한 지 3년째 되는 여름. 답답한 마음은 터지기 일보직전이었고, 정기 휴무일인 수요일에 안절부절못하며 오사무에게 전화를 걸었다.

"그렇게 불평만 할 거면 그만둬."

오사무는 듣기 힘든 한마디를 퍼부었다.

"저는 로쿠요샤에 필요 없는 사람이군요."

거의 자포자기하는 심정이 되어, 곧바로 야에코에게 전화했다.

"가게를 그만두려고 해요."

"그래. 너한테 계속 맡기는 것도 불안하고, 그만두는 편이 좋을지도 모르겠구나."

예상은 했지만 냉담한 대답에 잠시 입을 다물고 있는데 수화기에서 낯익은 남자의 목소리가 들렸다. 다카시였다. 전화기 앞에서 화를 내고 있는 야에코를 보다 못해 전화를 바꿔 받은 것 같았다. 평소에는 말수가 적은 다카시가, 말을 골라가며 군페이를 타일렀다.

"군페이가 가게에 와줘서 경영이 좋아진 건 사실이야. …… 다시 가게에 와서 커피를 내려주렴."

사장이자 큰아버지인 다카시의 말에 경직됐던 마음이 놀

라울 정도로 풀렸다. 가업에 뛰어든 뒤 마침내 군페이가 그렇게 갈구하던 말을 만난 기분이었다. 군페이가 줄곧 원했던 것은 가족의 따뜻한 말 한마디였다. 젊은 혈기 탓임을 자각하면서도 “열심히 하네”라는 한마디가 듣고 싶었다. 이후 군페이는 일과 관련해 다카시에게 상담하게 되었다. 야에코와 오사무는 눈앞의 일에 한결같은 장인 기질을 보였고, 절대적인 존재로서 로쿠요샤의 전부를 지배한 미노루가 오랜 세월 군림해왔기 때문에 가게의 경영을 거시적으로 볼 필요가 없었다. 그런 점에서, 사장을 이어받은 다카시는 평소 말수가 적고 멀거니 있는 것처럼 보이기도 하지만, 주위의 이해를 얻지 못하더라도 자신의 의지를 믿고 밀고 나가야 한다는 경영자로서의 각오가 그의 짧은 대답 한마디 한마디에 때때로 엿보였다.

“경영자 입장에 서 있지 않은 사람은, 이 괴로움을 모를지도 모른다.”

경영자의 고독이라는 것을 알고, 다카시에게 마음을 기대어 고인이 된 마스터를 생각했다.

때때로 바 오픈 시간이 되어도 보이지 않아 군페이가 전화로 “지금 어디십니까?” 하고 걱정스레 물으면 취기 가득한 목소리로 “부내 모처야” 하고 받는 등, 다카시를 볼 때 솔직히 ‘괜찮을까’ 하고 생각되는 일도 종종 있었다. 하지만 미워할 수 없는 장난기의 소유자이기도 했고, 일은 담담하게 해내는 듯했다. 몇 년 만에 방문한 보틀 킵 손님이라도 제대로 얼굴을 기억하고 말을 주고받기도 했다.

현실에 대한 불만은 미호코에게도 털어놓았다. 어머니는 차분히 귀를 기울이고 상냥한 말을 해주었다.

"언젠가 군페이가 로쿠요샤를 이어받았으면 하고 예전부터 생각해왔어."

로쿠요샤 같은 오래된 찻집을 사랑하는 미호코는 옛날부터 마음 한구석으로는 군페이에게 기대를 걸고 있었다고 말했다. 그전까지는 군페이에게 표현하지 않았지만 군페이가 가게를 이어받으려 한다는 것을 누구보다도 기뻐했다고. 미호코에게는 로쿠요샤의 경영을 재정비해가는 군페이의 모습이 믿음직스럽고 어머니로서 자랑스럽기도 했다.

'나를 이해해주는 사람도 있어.'

아군의 존재에 안정을 찾자 군페이는 비로소 냉정을 되찾을 여유를 가질 수 있었다.

"할머니와 아버지의 말에도 일리는 있어. 설령 옳은 말을 했다고 해도 스태프의 이해와 동의를 얻지 못하면 소용이 없다."

군페이는 로쿠요샤 이외의 일을 삼가도록 결심했다. 자

신의 생활이나 일하는 방식을 재검토하는 태도를 보이면서, 스태프에게는 알아듣도록 잘 설명해 신뢰를 얻을 수 있게끔 노력했다. 한때는 그만둘 생각까지 했던 로쿠요샤 일을 차분하게 마주 대하면서 3대째로서의 각오 같은 것이 다시 싹텄다. 스태프와의 미묘한 갈등도 점차 좁혀지고 있었다.

'다시 한번 여기서 버텨보자.'

야에코, 쓰러지다

군페이의 사직 소동으로부터 반년 정도 지난 2017년 3월. 91세의 야에코에게 이변이 일어났다.

야에코가 단골로 가는 웨스틴 미야코 호텔 교토 안에 있는 미용실. 커트할 때부터 대화가 평소와 달리 어색하다고 느낀 담당 미용사가 계산대 앞에 선 야에코의 오른손이 안정되지 않는 모습을 보고 구급차를 불렀다. 병원에서 뇌경색 진단을 받았다.

그날 로쿠요샤는 정기 휴무일이었다. 병원에서 가게로 전화가 걸려왔다.

"오쿠노 야에코 씨의 가족분 되십니까?"

마침 볼일이 있어 일층점에 잠시 들른 군페이가 전화를 받았다. 약을 투여하는 데 친족의 허가가 필요하다고 했다. 군페이는 자신이 손자임을 알리고 동의를 전했다. 오사무는 라이브 스케줄로 교토에 없었기 때문에, 다카시와 둘이서 병원으로 달려갔다. 침대에 누운 야에코는, 의식은 또렷했지만 오른쪽에 마비가 와서 말을 할 수 없는 상태였다.

"회복은 재활치료 경과를 보면서 판단할 수 있을 듯합니다."

의사는 그렇게 진단했다.

재활치료 시설을 병설한 병원에서 반년 정도 입원 치료를 받고 회복하는 것을 목표로 했지만, 말을 할 수 있는 상태에는 이르지 못했다. 결국 야에코는 고령자 시설로 옮기게 되었다.

"이제 가게로 복귀하는 건 무리겠지."

오쿠노가는 그렇게 받아들였다.

신년회에서의 부활 선언으로부터 1년여. 90세가 넘어서도 야에코는 일주일에 하루 이틀은 가게에서 정정하게 현역으로 가게 안주인 노릇을 해왔다. 군페이에게 전화로 엄한 말을 한 뒤에도 뒤끝 없이 전과 다름없는 태도로 군페이를 대했다.

"설마, 이런 식으로 은퇴하게 될 줄은……."

군페이에게 야에코는 다소 어렵긴 했지만, 또 그만큼 직언을 던져주는 귀중한 존재였다. 생각지 않게 반발도 했지만, 신년회 부활 선언과 전화 통화를 거치며 자신을 돌아보는 계기를 얻었다. 덕분에 스태프들과의 관계도 더욱 친밀해질 수 있었다.

"시간이 걸리는 일이다."

야에코가 한 말의 의미가, 점차 무게를 더해갔다. 경영자로서 이끌어갈 생각이라면 주위 사람들을 납득시키지 않으면 안 된다. 어디까지가 의도였는지는 차치하고, 그것을 전하기 위해서 구태여 벽이 되어 가로막고 서 있던 것인지도 모른다. 슬픈 상황은 새로운 관점을 가져다주었다.

귀중한 상담자였던 다카시에게도 이변이 생겼다. 어느 날 밤, 70세가 넘은 다카시가 길에서 피를 흘리고 있는 것을 지나가던 사람이 발견해 병원으로 옮겼다. 진단은 외상성 지주막하출혈이었다. 다카시 본인의 기억이 애매해 정확한 원인은 알 수 없지만, 집으로 돌아가던 중에 어떠한 이유로 넘어진 듯했다. 다카시는 언제나 가게가 끝나면 기야초의 술집에서 한잔 걸치고 돌아오는 게 일과였다.

다카시는 한동안 입원 치료를 받은 후 가게로 복귀했지

만, 그 일 이후 한쪽 다리의 거동이 불편해졌고 바에 선 채로 일하는 게 무척 힘들어 보였다.

군페이는 오쿠노가에 소리 없이 다가오는 노년의 그림자를 실감하지 않을 수 없었다.

"생각하고 싶지 않지만 부모님이 은퇴한 후에 대해서도 피하지 않고 마주해야겠지."

2018년 4월에 군페이는 로쿠요샤를 법인화했다. 다카시를 대신해 군페이가 사장으로 취임해, 지금까지 다카시 명의였던 토지와 건물을 '주식회사 로쿠요샤' 이름으로 다시 구입했다. 회사 명의로 소유해두면, 만약 군페이나 가족에게 무슨 일이 있을 때에도 가게로서 존속할 수 있다. 서둘러 야에코가 지내고 있는 고령자 시설을 방문해 법인화에 대해 보고했다. 말을 하기는 어려웠지만 상대방이 하는 이야기를 이해할 수는 있는 듯, 군페이의 도전에 동의했다.

법인화를 마친 후에는 오랜 세월 비정규직으로 가게에 헌신해준 핫짱과 신짱(신자토 유키코), 하루짱(고노 하루카) 3인을 로쿠요샤로서는 사실상 처음으로 가족 외 정사원으로 등용했다. 핫짱은 출산 등으로 한때 가게 일을 쉬기도 했지만, 로쿠요샤가 좋아 1997년부터 계속 함께해온 최고참 직원이다.

"저처럼 고참에, 말도 제멋대로 하는 베테랑은 군페이 군이 보기에 그저 성가시고 귀찮기만 할 뿐이지 않을까 고민이 되어서 다른 일을 생각해본 적도 있습니다. 하지만 저를 필요로 한다는 소식을 듣고 너무 기뻤습니다."

시대의 변화에 맞춰 서비스뿐 아니라 근무 환경도 개선할 필요가 있다는 점은 휴일조차 내기 힘들었던 자신의 경험에서 뼈저리게 느낀 바였다. 인재에게 확실한 보수와 복리후생을 제공함으로써 가족경영의 불안정성을 보완할 수도 있다.

"로쿠요샤를 사랑해주는 직원들은 가족이나 마찬가지죠. 하나의 회사는 일하는 사람들의 공감을 얻어야만 비로소 모두의 회사가 되고, 그것이 한 사람 한 사람의 보람이 되고, 오래도록 지속될 수 있는 길이 되지 않을까요."

스태프의 근무 환경 개선은 3대째로서 가업에 뛰어들어 몸부림치며 얻은 하나의 답이었다.

"커피 격전지에서 살아남기 위해 가게도 사람도 보다 더 좋은 변화를 계속해나가지 않으면 안 되겠지요."

여름에는 커피 플로트를 메뉴에 추가하는 등, 스태프와 의논하면서 신메뉴를 고안하거나 모두가 조금씩 새로운 시도를 진행했다. 오사무로부터 로스팅 오두막을 다시 사용

해도 된다는 허락을 받은 군페이는 2019년 봄, 기존의 맛을 지키면서 일층점 오리지널 블렌드를 완성했다. 앞으로 가게의 커피는 이것으로 간다. 로쿠요샤는 두 점포 모두 완전하게 자가배전 커피점이 되었다.

금연을 시행하는 데도 노력했다. 지금까지는 두 점포 모두 흡연이 가능했지만, 일층점은 개점 시간인 오전 여덟시 반부터 정오까지, 지하점은 종일 금연을 시행했다. 로쿠요샤 테이블과 카운터에는 창업 이래 특별 제작한 도기 재떨이와 오리지널 성냥이 놓여 있는 광경이 명물 중 하나였던 터라 군페이는 마지막까지 고민을 거듭했지만, 직원들의 건강 상태와 시대 흐름을 감안한 끝에 금연을 단행했다.

2020년. 로쿠요샤가 처음 발걸음을 뗀 지 70년을 맞이했다.

"여기까지 올 수 있었던 것은 기적이다. 정말 외줄타기 같았다."

로쿠요샤의 지금까지를 오사무는 그렇게 돌아봤다.

야에코, 다카시, 오사무, 미호코, 그리고 군페이. 언뜻 보면 각각 다른 방향을 향하고 있는 듯 보이는 개성 강한 오쿠노 일가의 면면은, 가족이라는 이유로 오히려 긴밀한 의사소통을 소홀히 해, 때로는 심하게 부딪쳤고 때로는 충돌

했다. 하지만 앞으로 다가올 긴 시간을 향해 착실하게 걸어가는 군페이의 성장을, 불안정한 발판을 어떻게든 해보려고 하는 군페이의 노력을 모두 똑똑히 보고 있었다.

로쿠요샤라는 장소를 사랑하는 손님과 스태프를 끌어들여 가게를 지키고자 하는 마음과 연결하고, 그 인연으로 다시금 가게를 이끌어가는 오쿠노 일가. 맛있는 커피뿐만 아니라 어딘가 피가 통하는 '이곳만의 공간'을 찾아 사람들은 발길을 옮긴다. 군페이는 가게를 운영하면서 그런 사실을 더욱 크게 느끼게 됐다.

"마스터와 마마가 만든 로쿠요샤는 저희들만의 것이 아닙니다. 그 공간을 맡아 운영하는 책임이 제게 있을 뿐이죠. 그러니 찻집 마스터로서 가게에 착 달라붙어 작은 행복을 전할 수 있도록, 자신을 계속 연마해가고 싶습니다."

'100년 찻집'이라는 목표는 어느덧 군페이에게 종착점이 아닌, 통과점이 되어 있었다.

옮긴이의 글

교토는 산으로 둘러싸인 분지라 한겨울에는 제법 매서운 한파가 찾아든다. 내가 로쿠요샤를 처음 방문한 것은 일본 도쿄에서 생활하다 귀국을 앞둔 2007년 1월, 친구와 함께 교토 여행을 떠났을 때였다. 첫 교토 여행을 겨울의 정점에 떠난 터라 길에서 보내는 시간보다 실내로 찾아들기 바빴던 게 기억난다.

당시 교토 여행을 간다고 하자 카페업을 하는 지인 여러 명이 노포 찻집 몇 곳을 알려주었다. 그중 빠지지 않고 등장하던 곳이 '로쿠요샤 지하점'이었는데, '대체 로쿠요샤가 어떤 곳이기에 다들 가보라는 거지?' 하는 궁금증이 일었다.

그리고 신년맞이로 번화함을 뽐내는 가와라마치산조 상점가 대로변에 면한 로쿠요샤를 발견하고 서둘러 지하로 내려가 문을 열고 들어섰을 때, 마치 시공간을 초월해 과거로 넘어온 것 같은 전경에 잠시 넋이 나갔었던가. 묘하게 안정감을 주는 우드톤의 실내와 세월이 남기고 간 은은한 향취, 그리고 카운터석 안쪽에서 무표정한 얼굴로 커피를 내리는 마스터의 모습은 단번에 내 마음을 사로잡았다. 이후 『카페 도쿄』라는 책을 내고 연이어 『카페 오사카·교토』를 내게 되었을 때 책을 쓰기 위해 취재차 방문한 것이 두번째, 그후로도 로쿠요샤는 교토 여행을 할 때면 반드시 들러 여행의 피로를 씻어내고 가는 안식처로 자리잡았다.

로쿠요샤는 오쿠노 오사무라는 절대적 존재로 인해 '지하점' 인기가 압도적으로 높다. 카페 정보지나 웹사이트에서 검색해봐도 지하점과 일층점은 거의 별개의 장소처럼 소개되어 있다. 하지만 이제는 모두 알다시피 두 곳은 모두 오쿠노 일가가 대를 이어 꾸려가는 장소이고, 지하점은 2대째인 오사무 씨가, 일층점은 3대째인 군페이 씨가 운영중이다.

친구들이 추천해서 지하점부터 발을 들인 탓도 있겠지만, 실제로 방문했을 때 오래된 장소 특유의 고즈넉함과 마스터 오사무 씨가 풍기는 분위기가 인상 깊어서인지 나는 아직 일층점에 가본 적이 없다. 오래전에 쓴 책에도 지하점만 소개했었다.

표정 변화 없이 주문받은 커피를 내리기에 바쁜 와중에도 한국에서 온 일면식도 없는 내가 "책을 준비중인데 로쿠요샤를 소개하고 싶습니다"라고 했을 때 선뜻 승낙해준 마스터 오쿠노 오사무. 어렵게 꺼낸 부탁을 알아챈 것인지 오픈 전 따로 시간을 내어 인터뷰에도 응해줘서 책에는 로쿠요샤와 오사무 씨의 이야기, 그리고 시간이 켜켜이 쌓인 공간 사진을 담을 수 있었다.

책을 번역하면서 알게 된 사실이지만, 돌이켜보면 내가 취재를 간 해가 로쿠요샤의 초대 창업자인 오쿠노 미노루 씨가 사망한 지 1년이 채 지나지 않은 시점이었던 것 같다. 2대째 경영이 어느 정도 무르익어가던 그때 갑작스러운 창업주의 부재는 가족으로서나 경영인으로서나 큰 부담과 상실감을 주었을 텐데도 당시에는 그런 점을 전혀 내색하지 않았다. 낯선 외국인에게 집안 사정까지 얘기하지 않는 게 당연하다 싶으면서도 그 담담함이 새삼 놀랍다.

『커피 일가』는 일본에서 출간이 되자마자 발견하고 서둘러 구입해 읽은 책이다. 로쿠요샤의 과거와 현재가 한 권으로 묶였다니 너무 궁금해서 참을 수 없었다. 책을 받아보고

70년 동안 한자리를 지키는 일이 얼마나 힘들고 고단했을지, 빠르게 변화하는 시대에 우직함으로 단단하게 버티며 매일 손님을 맞이하는 일이 얼마나 대단한 것인지, 로쿠요샤를 아는 사람, 가본 적 있는 사람, 그리고 앞으로 자신의 공간과 시간을 만들어가고자 하는 사람들과 나누고 싶었다.

또 책을 번역하면서 10여 년 전 내가 그곳을 얼마나 수박 겉핥기로 취재하고 책에 담아냈던 것인지 부끄러워지기도 했다. 그럼에도 요즘처럼 여행이 자유롭지 못한 때에 행복한 추억이 깃든 장소에 대한 책을 우리말로 옮길 수 있어서 기뻤다. 작업을 하면서 오래전 기억이 되살아나 종종 코끝이 찡해지는 기분이 들기도 했다. 세월이 지나도 모든 것이 그대로이기를 바라는 마음이 욕심이라는 걸 알지만, 그럼에도 로쿠요샤가, 오쿠노 일가가 변함없이 그곳에 있어주기를…… 언젠가 다시 찾아가 모서리를 둥글려 팔을 기대기 편하게 만들어진 카운터 테이블에 팔꿈치를 기대어 앉아, '인도'라는 이름의 향이 독특한 커피와 로쿠요샤 명물 홈메이드 도넛을 주문해 그 맛과 향기를 음미하는 시간을 누릴 날을 기대해본다. 그때는 세대교체로 분투중인 군페이 씨의 일층점에도 꼭 가보리라.

임윤정

주

1 후지와라 데이,『흐르는 별은 살아 있다』, 주오고론신샤, 1976년.

2 「커피 탐정 아마니가샤 커피 포장마차 편」,『아마니가잇테키 6호』(글: 다나카 게이이치). https://amaniga.base.ec/

3 다니자키 준이치로,『주작일기』 초판,『도쿄 니치니치신문』『오사카 마이니치신문』, 1912년 4~5월.

4 고마쓰 사쿄,「철학자의 소경(필로소퍼스 레인)」 초판,『ALL 읽을거리』, 1965년 4월호.

5 주간 아사히 편,『가격사 연표 메이지·다이쇼·쇼와』, 아사히신문사, 1988년.

6 「청춘의 찻집」,『아마카라수첩』 연재, 2003년 5월호(글: 가도 다카마).

7 우스이 기노스케,『신편 교토 미각 산책』, 시라카와쇼인, 1970년.

8 다카노 에쓰코,『스무 살의 원점』, 신초샤, 1971년.

9 「특집 교토의 찻집」,『월간 교토』, 1981년 10월호.

10 나가시마 신지,『청춘 잔혹사 후텐(노란 눈물 시리즈)』 초판,『COM』 1967~68년.

11 1967~69년에 간사이 지방을 중심으로 종종 개최된 포크송 집회. 일본 야외음악 이벤트의 선구 중 하나.

12 다케나카 로,「우선 쉬운 일부터 시작하라」,『주간요미우리』, 1970년 7월 10일호.

13 『인기 만화가 DJ 레코드』, 슈에이샤, 1971년.

14 「오쿠노 오사무 인터뷰」,『록 화보 9』, 2002년(글: 노다 시게노리).

15 구로카와 슈지,『오키나와 마이 러브』, 히루기샤, 1994년.

16 「오쿠노 오사무 인터뷰」, 『록 화보 9』, 2002년(글: 노다 시게노리)

17 「유산 상속」(도에이), 1990년(감독: 후루하타 야스오).

18 오오야 미노루, 『커피의 건설』, 세이코샤, 2017년.

19 오오야 미노루, 『커피의 건설』, 세이코샤, 2017년.

20 『안녕하세요 마틴 씨』 카세트테이프, 1994년. CD 버전은 2002년 오프 노트에서 재발매.

21 『교토신문』 기사, 2000년 9월 4일자.

22 『교토신문』 기사, 2016년 6월 3일자.

23 2007년에 오픈한 채식식당. 『나기식당의 베지터블·레시피』 『채소 선술집 나기식당의 채식 안주』(모두 피아), 『시부야 구석의 채식 식당』(고마쿠사출판) 등 이 식당을 배경으로 한 서적도 있다.

24 시 오쿠노 오사무·그림 나카반, 『랑베르 마이유 커피점』, 미시마샤, 2019년.

25 '나카반, 오쿠노 씨 「랑베르 마이유 커피점」에 대해', 「모두의 미시매거진」, 2019년 6월호. https://www.mishimaga.com/books/tokushu/001262.html.

26 『브루터스BRUTUS』 '커피와 담배' 특집, 매거진하우스, 2005년 3월 15일호.

27 가와구치 요코, 『카페의 문을 여는 100가지 이유』, 정보센터출판국, 2006년.

28 가와구치 요코, 『교토 카페 산책—킷사 도시를 순례하다』, 쇼덴샤, 2009년.

29 『아사히신문』 기사, 2010년 6월 18일자.

30 가와구치 요코, 『교토·오사카·고베의 찻집—커피 세 도시 이야기』, 지쓰교노니혼샤, 2015년.

참고 자료

· 이노우에 다쿠야, 『만주 난민』, 겐토샤.

· 하야시 데쓰오, 『찻집의 시대』, 편집 공방 노아.

· 사토 유이치, 『프랑수아찻집』, 호쿠토쇼보.

· 이노다 아키오, 『이노다 아키오의 커피가 맛있는 이유』, 아노니마·스튜디오.

· 「오가와커피 창세기」, 『커피 이야기 교토 오가와커피』, 오가와커피, 2004년 10월호.

· 「왜 교토인가?」 특집, 『재즈jazz』, 1975년 8월호.

· 「특집 매혹의 커피」, 『월간 교토』, 시라카와쇼인, 2012년 12월호.

· 다나카 게이이치 감수, 『교토 커피 스탠더즈KYOTO COFFEE STANDARDS』, 단쿄샤.

· 다카이 나오유키, 『카페와 일본인』, 고단샤현대신서.

· 『다케나카 로—사후 20년, 반골의 르포라이터』, 가와데쇼보신사.

· 「카페의 거리, 교토를 가다. 교토 커피 탕진 잼」, 『브루터스』, 1995년 9월 15일호.

· DVD 「다카다 와타루 스타일로 Zero」, 2005년 영화 미수록 다큐멘터리 영상.

· 오쿠노 미호코·가이 미노리, 『달콤한 가교』, 단쿄샤.

· 『찻집 록』, 소니매거진스.

· 조지아 브랜드 사이트 '맛있는 커피를 즐기는 법GOOD COFFEE TIPS' https://www.georgia.jp/spn/european/topix/1.html

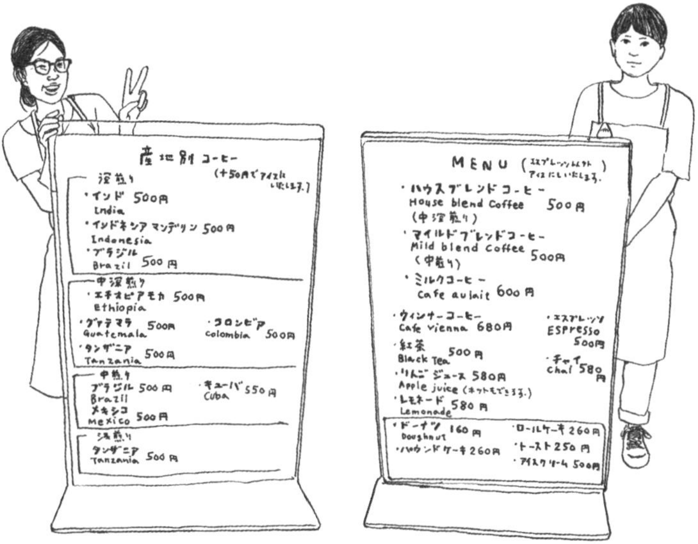

로쿠요샤 커피점六曜社珈琲店

교토시 나카교구 가와라마치산조 사가루 다이코쿠초40

京都市中京区河原町三条下ル大黒町40

일층점: 075-221-3820

지하점: 075-241-3026

커피 일가
교토 로쿠요샤, 3대를 이어 사랑받는 카페

초판 인쇄 2021년 12월 17일
초판 발행 2022년 1월 5일

취재·글 가바야마 사토루
옮긴이 임윤정
펴낸이 정민영
책임편집 전민지
편집 임윤정
디자인 강혜림
마케팅 정민호 김도윤
제작처 영신사

펴낸곳 (주)아트북스
브랜드 앨리스
출판등록 2001년 5월 18일 제406-2003-057호
주소 10881 경기도 파주시 회동길 210
대표전화 031-955-8888
전화번호 031-955-7977(편집부) | 031-955-2696(마케팅)
팩스 031-955-8855
전자우편 artbooks21@naver.com
트위터 @artbooks21
인스타그램 @artbooks.pub

ISBN 978-89-6196-406-7 03830

※ 이 책의 본문은 '을유1945' 서체를 사용했습니다.

· 값은 뒤표지에 있습니다.
· 잘못된 책은 구입하신 서점에서 교환해 드립니다.